청춘, 새로운 길을 만들다

한국의 유쾌한 젊은이들

청춘,
새로운
길을
만들다

전은경 · 김민희 · 임나경 지음

🌱 나무생각

도전하는 삶이 성공보다 아름답다

10년 넘게 음악을 한답시고 백수로 살아가고 있는 후배가 있다. 나름 좋은 집안과 학벌을 가진 그가 주변의 반대와 대중의 무관심 속에서도 음악을 놓지 못하고 있다. 그런 모습에 '그만 삽질하라'는 지인들의 조언이 쏟아진다. '한 우물만 파라'는 금과옥조(金科玉條)가 조금씩 흔들리는 시대. 열정을 쏟은 만큼 이익을 창출하지 못하면 쓸모없는 일로 치부되기에, 황금 물줄기를 찾아 땅을 파는 현명한 삽질정신만이 환영을 받는다. 사실 실패를 줄이고 뚜렷한 성공 좌표를 잡는 것이 지혜로움일 수도 있다. 그것이 잘못 선택한 삽질로 인생 막장을 걷지 않기 위해 사람들이 취하는 최선의 행동이니까.

이렇게 비주류는 늘 환영받지 못하는 게 사실이다. 하지만 아이러니하게도 이런 비주류를 호기심 어린 동경으로 지켜보는 사람들이 많다. 그 사람이 내 식구라면 도시락 싸들고 다니며 말리겠지만, 가족이란 울타리를 벗어나면 이들의 도전을 대단한 열정으로 포장하며 치켜세워 주기도 한다. 그 이유가 대리만족이든 존경의 표시이든 새로운 신세계의 동경이든 아님 지루한 세상의 이야깃거리나 눈요깃거리이든, 아무튼 세상은 참 특별한 걸 원한다. 특이하고 원초적인 자극을 전달해야 답이 오고, 허를 찌르는 유쾌한 발상에만 점수를 준다.

사실 같은 이유에서 출발했는지도 모르겠다. 소위 '거리'를 찾아 헤매는 사냥꾼들의 습성상 평범하고 진부한 이야기에서 벗어나 독자들의 눈을 자극해야 했으니까.

여기에 등장하는 18명의 인물은 삼성카드 웹진 〈크레월드〉에 실렸던 청춘들의 이야기이다. 매달 세 명의 프리랜서 기자들과 홍보실 직원들이 눈에 불을 켜고 찾아 헤맸던 꿈과 열정의 청춘들을 취재하는 것은 우리를 흥분시키기 충분했다. 기획회의 때면 이들의 취재 뒷이야기가 늘 이슈화되었는데, 좌절과 방황의 연속에서도 끊임없는 열혈삽질로 희망과 도전의 씨앗을 만들어낸 의지에 감탄하곤 했다. 그래서일까. 먼발치에서 기삿거리들로 여겨지던 사람들이 조금씩 우리의 마음에 깊이 다가온 것이. 대부분 비주류에 속하는 사람들이었지만 간혹 세상 밖으로 나와 인기라는 고공 로켓을 타기라도 하면, 후견인이라도 되는 양 그 어느 때보다 행복했다. 조금이라도 '비주류'에서 '주류'로 이어지는 비상구 역할에 동참하지 않았을까 하는 착각이었는지도 모른다. 힘든 그들의 여정을 옆에서 지켜보며 다른 사람들과는 조금 다른 눈과 마음으로 응원했기 때문일 수도 있다. 물론 시기나 주제에 맞지 않아 취재에서 제외된, 그야말로 제대로 된 삽질 청춘들도 많다. 이들이 가진 강인한 의지, 풍부한 상상력, 불타는 열정을 모두 책에 담지는 못했지만 "청춘은 결코 안전한 주(株)를 사서는 안 된다"는 콕토의 말을 토대로 훗날을 기대하며 지켜볼 것이다.

세상을 바꿀 준비를 하며 비상하는, 여기 18명의 행복한 꿈을 가진 주인공들의 이야기가 이 시대의 다른 청춘들에게도 지속적인 자극제 역할을 해주었으면 하는 바람이다. 청춘의 도전과 고뇌가 노년의 성공보다 아름답다는 걸 아는 의지의 혼(魂)을 가진 이들의 멋진 세상을 응원한다. '청춘'이란 인생의 특정 기간이 아닌 마음의 상태이므로 희망과 용기, 도전은 영감이 끊어지기 전까지 가져가야 할 삶의 이유일 테니 말이다.

　마지막으로 오랜 기간 웹진과 블로그진 〈크레월드〉를 이끌어준 삼성카드 홍보실 김선이 과장님께 진심 어린 감사의 인사를 전한다.

2011년 10월

세 명의 필진의 뜻을 대신하여

김민희

#1 열정
청춘, 인생을 불태우다

#2 행복
청춘, 인생의 주인공이 되다

#3 희망 · 자유
청춘, 꿈을 찾아 떠나다

#4 도전
청춘, 새로운 길을 만들다

청춘, 새로운 길을 만들다

#1 열정

청춘,
인생을
불태우다

01

불타는 청춘 매뉴얼 제작자,
프로레슬러 김남훈

김남훈 _
WWA 프로레슬러, UFC 격투기 해설가, 마케팅 회사 CEO
blog.naver.com/heavy1

10대의 호기심과 20대의 열정과 30대의 나이를 가진
10년 경력의 베테랑 프로레슬러.
그가 말하는 시간 관리의 궁극적인 목표는 행복인데,
그것도 아주 '솔직한 행복'이다.

"프로레슬러의 최대 로망은 역시 어린이의 생명을 구하는 거?
어느 정도 정리가 되면 주변 사람들과 복지 사업 같은 것을 해보고 싶어요."

오늘도 '불타는 청춘 매뉴얼 제작'에 여념이 없는 김남훈의 명함은 좀 다양하다. 프로레슬러, UFC(격투기) 해설가, 마케팅 회사 CEO, 《청춘 매뉴얼 제작소》를 비롯해 몇 권의 책을 펴낸 저자……. 그런데 이 명함들 사이의 연결 고리가 워낙 약하고 유사점을 찾기가 어려워 그에게 직접 '나 김남훈'을 소개해 달라고 했다.

다빈치적 짐승! 김남훈

"《딴지일보》 김어준 총수는 저를 보고 '다빈치적 짐승'이라고 하더 군요. 대략 맞는 말 같습니다. 10대의 호기심과 20대의 열정과 30대 의 나이를 가진 사람이라고 하는 게 좋을 수도 있겠네요. 프로레슬러, 격투기 해설가, 마케팅 회사와 카페 프랜차이즈 사업 등을 하면서 조 금씩 제 영역을 넓혀가고 있습니다."

그러나 '조금씩'이라고 하기에는 워낙 다양한 영역을 두루 섭력(涉 歷)하고 있는지라 그를 어떤 사람으로 알고 있느냐에 따라 달리 보일 것 같다. 재능도 많고 끼도 많은 김남훈이 그 많은 직함(?) 중에서 현 재 제일 마음에 들어 하는 것은 일단 '김남훈 선수'. 그리고 해설가란 직함도 마음에 든다고 한다. 링에서 열심히 싸우는 선수들의 플레이 를 시청자들이 알기 쉽게 전달해 주는 것에 대해 무엇보다 큰 보람을 느낀단다.

김남훈은 10년 경력의 베테랑 프로레슬러다. 2010년 5월에는 일본에서 열린 프로레슬링 대회 '스매시'에 출전해 여전히 현역 프로레슬러임을 과시하기도 했다. 몸이 몹시 고달픈 프로레슬링을 좋아하게 된 계기는 어렸을 때 친구네 집에 갔다가 보게 된 AFKN의 프로레슬링 중계가 결정적이었다.

"왜 그런 말이 있잖아요. 소년은 로봇을 좋아한다고. 자신보다 강한 존재를 통해서 자신의 약한 육체를 보전하려는 욕구가 있다고 말이죠. 저는 로봇보다는 엄청난 근육질을 가진 프로레슬러의 활약을 보면서 감동을 받았던 것 같아요. 미국 레슬링은 잘 짜인 시나리오, 즉 각본을 바탕으로 하기 때문에 선악 대결이 마치 그리스 로마 신화처럼 흥미진진했지요. 그래서 꼭 한번 그걸 실제로 해보고 싶다고 생각했어요."

1999년 프로레슬러가 되고 싶어 이왕표 도장에 들어간 이후의 생생한 프로레슬링 입문기는 그의 블로그에서 실감나게 살펴볼 수 있다. 도장에 간 첫날 서슬 퍼런 선배의 "우선 팔굽혀 펴기 300개 하고, 앉았다 일어났다 스쿼트 500개, 그리고 윗몸 일으키기 200개 한 다음에 얘기하자"라는 명령으로 시작해 눈물의 링 슈즈를 신기까지의 얘기가 아주 리얼하다. 아침에 먹은 샌드위치를 토해낼 만큼 혹독한 도제식 훈련을 견디고 프로레슬러가 된 김남훈이 링 위에서 주로 맡는 역은 쇠사슬을 흔들어대며 반칙을 서슴지 않는 악당이다. '인간 어뢰'라는 닉네임은 그가 좋아하는 악역 캐릭터 테리 고디의 별명에서 따온 것이라고 한다.

프로레슬러 vs. 격투기 해설가

풍채 좋은 지금의 모습에선 상상하기 어렵지만, 운동을 제대로 해본 적이 없던 그는 의외로 몸이 약했다. 프로레슬링 도장에 간 첫날, 땀을 비오듯 흘려 "그 체력으로 무슨 레슬링을 하냐, 그냥 집에 가라"는 소리를 들었을 정도였다. 그러나 프로레슬러로 데뷔한 2000년부터 2006년까지 불굴의 의지로 금연, 금주에 성공하고 33년간 보관하던 체지방 18킬로그램을 날려버리는 '육체 개조'에 성공했다. 프로레슬링은 항상 부상의 위험이 따르는 스포츠인지라 그 역시 부상의 위협에서 벗어나지는 못했다. 크고 작은 부상은 물론이요, 경기 도중 앞니가 부러지기도 했고, 방송 촬영 중 부상으로 6개월간 하반신이 마비되는 큰 시련을 겪기도 했다. 신경 자체가 끊어진 것은 아니었지만 회복을 위한 특별한 방법이 있는 것도 아니어서 꼼짝없이 누워 지내는 나날을 보내야만 했다. 손가락으로 리모컨을 까닥거리는 것 외에 스스로 할 수 있는 것이 없다는 무력감에 괴로웠다고 한다. 그러다가 화장실 가기, 현관문까지 가기, 그리고 시내 매장까지 나가서 따뜻한 햄버거를 직접 사먹기 순으로 목표를 세워 조금씩 몸을 움직이며 재활에 힘썼고, 그러한 노력 덕에 드디어 다시 걸을 수 있었다!

당시 느꼈던 고통으로 몸이 아픈 이들의 어려움을 조금이나마 알게 되었는데, 그것은 6개월간의 하반신 마비가 준 특별 부록으로 여기고 있단다. 엄청난 시련을 안겨준 프로레슬링이지만, 그는 링 위에 다시 섰다. 프로레슬링을 운명처럼 사랑하기 때문이다. 그리고 격투기 해설가로서의 김남훈은 바닥에서부터 아드레날린을 분출시키는 듯한 열정적인 해설로 인기를 누렸다. 초기엔 실수도 많았고 격투기가 재미있다는 것을 어필하려고 지나치게 흥분하면서 해설했다가 '오버'라는 반응과 수많은 악플을 얻기도 했다. 그러나 부족한 점을 고치기 위해 격투기 과외도 따로 받고, 발음 교정과 몸무게 감량을 하며 열심히 노력했다. 지금은 격투기 해설 위원을 그만뒀지만, 팬들은 여전히 '다시 돌아와 흥분하면서 해설해 달라'며 그를 찾고 있다.

김남훈은 프로레슬링과 격투기의 차이를 이렇게 설명했다. "프로레슬링은 맥주처럼, 격투기는 독한 칵테일처럼 즐기면 좋아요. 두 스포츠 모두 선수들의 노력으로 빛나는 멋진 스포츠 엔터테인먼트지요." 선수로 링 위에서 뛸 때는 관중과 직접 호흡하는 즐거움이 있고, 해설자일 때는 링에서 싸우는 파이터의 움직임을 시청자에게 실감나게 전하는 보람이 있다. 무엇보다도 30대 후반의 나이에 좋아하는 일을 하며 돈을 번다는 즐거움이 가장 크다고 한다. 그렇다고 그가 '싸움'만 좋아하는 것은 아니다. 링 위에서는 누구보다 광포하지만 속은 한없이 따뜻하다.

"프로레슬러의 최대 로망은 역시 어린이의 생명을 구하는 거? 어느 정도 정리가 되면 주변 사람들과 복지 사업 같은 것을 해보고 싶어요. 예전에도 어린이 환자 돕기 '프리 허그' 행사에 참여해 천만 원을 모아 기부한 적이 있는데, 앞으론 좀 더 체계적으로 하고 싶어요."

태안 기름 유출 사고가 났을 때는 피해자를 돕기 위해 일일 카페를 운영했을 만큼 김남훈은 사람들의 어려움을 그냥 지나치지 못하는 사람이기도 하다.

롤러코스터처럼 즐기는 인생

어렵게 고등학교를 졸업하고, 아주 어렵게 대학교에 입학한 뒤, 다시 어렵게 대학교를 졸업했다는 그는 1999년 캐스트서비스 인터넷 정보 검색사로 사회에 첫발을 내디딘 이래 지금의 자리에 오기까지 인생을 롤러코스터처럼 즐기며 살았다. 오토바이 잡지를 읽기 위해 일본어를 배우고, 다른 사람도 일본어를 쉽게 익힐 수 있도록 하기 위해 《엽기 일본어》라는 책을 냈다. 조폭이 협박하는 상황, 싸우면서 일어나는 일 등 주로 '흥미로운' 상황 위주로 설명한 덕에 좋은 반응을 얻었다. 실제로 얼떨결에 불려나간 자리에서 일본 야쿠자 두목 일행의 통역을 하게 된 적도 있다고 한다. 입담이 좋은 그는 《PDA 때려 잡기》《역도산이 왔다》《멜로드라마 파이터》를 비롯해 김남훈 식 땀 좀 빼는(!) 인생 특훈을 담은 《청춘 매뉴얼 제작소》 등의 책을 내기도 했다. 또한 건강팔찌 사업과 카페 창업 등을 통해 여러 번의 성공과 좌절을 롤러코스터처럼 오르락 내리락 했다. 그리고 그 즐거움의 대가로 1억 원이 넘는 빚을 지기도 했다.

지난했던 '부채 해소 작업'의 일환으로 얻은 것은 김남훈 식 '시간 관리법'이다. 그는 시간을 산소처럼 소중하게 생각하며 한 움큼의 시간도 낭비 없이 사용하는 '1억 빚 갚는 시간 관리법'을 블로그에 연재하기 시작했고, 책으로도 묶고 있다.

"사업을 하다가 빚을 좀 졌는데, 마케팅, UCC 전문가로 활동하며 제목처럼 다 갚았습니다. 시간 관리, 재테크 책을 쓰려다가 젊은 사람들에게 인생의 희망을 주는 그런 내용으로 바뀌었지요."

그가 말하는 시간 관리의 궁극적인 목표는 행복인데, 그것도 아주 '솔직한 행복'이다. 구체적으로는 이런 것이다. '40대의 나이에 BMW5 시리즈와 롤렉스 시계가 어울리는 삶', '가족과 친구에게 베풀고, 모르는 사람에게도 베푸는 여유가 있는 삶', '강연도 하고 방송 출연도 하고 프로레슬링으로 더욱 이름을 날려서 명동의 젊은 여자한테 사인을 요청 받는 것' 등. 그래서 오늘도 김남훈은 이 구체적인 목표를 이루기 위해 방송 녹화를 하고, 영어 회화 교습을 받고, 책을 읽고, 원고를 쓰며, 제안서를 들고 업체를 순례한다. 또 체력을 기르기 위해 술과 담배를 끊었고 열심히 운동도 한다.

그는 요즘 20대를 위한 강연에도 자주 나서고 있다. 88만원 세대라 불리는, 어깨에 힘 빠진 그들을 위해 나름 산전수전 다 겪어본 '형'이자 '오빠'로서 20대에게 기운을 북돋아 주고 싶은 마음에서다.

"청춘은 항상 활기와 의욕이 넘치는 시기라고 하는데, 사실 진짜 청춘, 즉 젊은 사람들은 그렇게 말하지 않습니다. 이미 지나가버린 사람들만 청춘은 '어떻다' 하고 이야기해요. 왜 그럴까요? 그래서 청춘을 살아가는 당사자들에게 알려주고 싶었어요. 당신들은 대단한 존재고, 대단한 일을 할 수 있다고. 그 매뉴얼을 알려주고 싶었죠."

롤러코스터를 타듯 누구보다 격하고 변화무쌍하게 청춘을 내달려온 청춘 매뉴얼을 들려주고 있다.

02

일 벌이는 데는 선수,
멀티플레이어 장민승

장민승 _
가구 디자이너, 영화음악 감독, 이벤트 기획자

가구 디자인부터 사진, 영화음악 감독까지
마음 가는 대로 하고 싶은 일을 하면서 사는 비결은
'지체하는 시간을 두지 않고, 일하면서 고민하는 것'이다.

"음악을 하든 가구를 디자인하든 제가 사용하는 도구는
아날로그와 디지털에 걸쳐 있어요."

장민승을 두고 가구 디자이너라고 한정해 말하는 것은 좀 어려운 일이다. 실제로 사람들은 그를 두고 영화음악 감독, 사운드 프로듀서, 이벤트 기획자, 전시 총감독이라고 부르기도 한다. '부산국제영화제 전시' 및 이벤트 총 감독, '에르메스 코리아와 함께하는 아시아 영화인의 밤' 기획자로 활약하기도 했다. 그래서 할 수 없이, 재주 많은 그를 일단 뭉뚱그려 멀티플레이어라 부르기로 하자.

〈젊음의 행진〉을 보며 키운 밴드와 음악의 꿈

밴드에 대한 로망을 가진 소년이 있었다. '머리에 아직 피도 안 마른' 초등학교 시절부터 TV 쇼 프로그램 〈젊음의 행진〉을 보면서 밴드와 음악에 대한 꿈을 키우던 이 소년은 테니스 라켓을 기타 삼아 딩가딩가 음악을 연주하고 막대로 드럼 치는 흉내를 내며 놀곤 했다. 그러다 야마하 기타를 손에 넣게 된 다음부터 연주 실력을 키운 끝에 한 밴드에서 긴 머리 휘날리며 베이스 기타를 연주하게 되었다. 반항도 하고 친구들과 놀며 거친 중·고등학교 시절을 보냈다. "부끄러울 정도로 많이 놀았다"는 고백은 지금의 반듯한(?) 모습과 말투로는 도저히 상상하기 힘들다.

제발 대학에는 가야 하지 않겠냐는 어머니의 부탁으로 어렵사리 대학에도 들어갔다. 남들이 '열공' 할 때 심하게 놀았던 탓에 힘들게 대학 문턱을 넘었지만, 전공인 조소를 열심히 한 것이 아니라 밴드 생활에 더 열을 올렸다. '황신혜밴드'에서 베이스 기타를 칠 정도로 음악활동에 전념하다 아버지인 장선우 감독을 통해 영화음악에도 발을 담그게 되었다. 이때 맺은 인연으로 강기영, 장영규, 방준석, 이병훈 등 개성 있는 뮤지션들과 팀을 이뤄 '복숭아 프레젠트'를 설립, 1997년 〈나쁜 영화〉를 시작으로 지난 10여 년간 〈4인용 식탁〉〈달콤한 인생〉〈주먹이 운다〉〈거짓말〉〈성냥팔이 소녀의 재림〉〈해안선〉〈철없는 아내와 파란만장한 남편 그리고 태권소녀〉〈귀여워〉〈달마야 서울가자〉〈쓰리 몬스터〉〈얼굴 없는 미녀〉〈태풍태양〉〈광식이 동생 광태〉 등의 영화에 뮤직 코디네이터로 참여해 왔다.

독립 가구 제작자

그런데 그에 관해 말하고 싶은 부분은 이제부터다. 오랫동안 영화음악 관련 비즈니스를 했던 그는 머리도 식힐 겸 취미 삼아 뚝딱 뚝딱 가구를 만들기 시작했다.

"사무실에 들여놓을 테이블을 찾아다녔는데, 대부분 조악하기 그지없거나 혹은 터무니없이 비싸고, 아니면 서구 디자이너의 가구를 본뜬 것뿐이더라고요. 그래서 직접 만들기 시작했죠."

그리고 가구 디자인에 발을 들이민 지 대략 1년 만에 국내의 유명 가구 회사 사장에게 테이블을 팔 정도로 대단한 실력을 과시했다. 그가 만들어내는 가구는 평소 깊은 관심을 가져왔던 교각, 철골 구조물, 중장비의 구조에서 모티브를 얻은 것들이 대부분이다. 공학에 관심이 많아 공사장을 무턱대고 찾아가 중장비를 살펴보기도 하고, 다리를 하염없이 관찰하기도 했다. 그러면서 중장비의 구조와 교각에 적용된 기법을 자신의 테이블 다리에 응용할 궁리를 했다. 그의 테이블은 트렌디한 디자인은 아니지만 군더더기 없는 세련된 라인에 마감이 야무지다. 게다가 어찌나 꼼꼼한지 테이블에 들어가는 볼트나 너트 같은 부속품도 신경써서 고르고 이를 위해 독일 현지 공장까지 다녀올 정도로 극성이다. 때로는 일부 부속품을 직접 디자인해 제작하기도 한다. 테이블 다리의 날이 선 부분을 매끈하게 하기 위해 미친 듯이 갈아대는 것은 기본이다. 이렇게 유난히 완성도에 집착하는 이유는, 자신의 가구에 대한 애정에서 비롯된 것이기도 하지만, 그에게 영향을 준 작품들이 하나같이 구조적으로 뛰어나고 디테일도 훌륭하며 좋은 소재로 만들어졌다는 것을 깨달았기 때문이다. 자동차나 건축, 심지어 음악까지도.

장민승이 만든 테이블은 결코 저렴한 가격이 아님에도 불구하고 2~3년 사이에 100여 개 가까이 팔려나갔다. 가격이 비쌀 수밖에 없었던 까닭은 100% 수공으로 만들어지다 보니 들어가는 공력이 만만 찮았기 때문이다. 돈이 많은 사람들만 그의 가구를 구입한 것도 아니었다. 고객 리스트에는 거제도 조선소에서 일하던 아저씨도 있고, 평범한 월급쟁이도 있었다.

"그런 분들은 돈이 많아서 제 테이블을 사간 게 아니에요. 왜 그런 거 있잖아요. 아껴둔 돈으로 컴퓨터를 바꾸려다 그걸 다음으로 미루고 책상을 먼저 사는 그런 마음. 제가 만든 가구의 미덕을 알아보는 분들로 인해 무한 격려를 받곤 해요."

2006년에는 세계적인 샴페인 브랜드 모엣 샹동과 손잡고 가구 전시회를 열기도 했다. 그 발단은 모엣 샹동의 컬러에서 영감을 받아 자신의 가구에 적용하고 샴페인 한잔 마시면서 친구들과 놀았으면 좋겠

장민승이 만들어내는 가구는 평소 깊은 관심을 가져왔던 교각, 철골 구조물 등에서 모티브를 얻은 것이 대부분이다. 트렌디한 디자인은 아니지만 군더더기 없는 라인에 마감이 야무지다.

다는 장난스런 기획이었지만, 운이 좋아 모엣 샹동의 후원을 받을 수 있었다고 한다.

이렇게 가구 디자이너로서의 명성을 차곡차곡 쌓아가던 장민승은 3년 전부터는 더 이상 가구를 만들지 않는다고 했다.

"도덕성도 상품의 가치를 포장하는 수단이 되는 세상이라, 가구를 디자인하는 것이 더 조심스럽고 어려워지더라고요. 과연 물건을 잘 만들기만 하면 그것으로 충분한 것인가 하는 생각이 들어 고민의 시간을 가져보려고 일단 중단했어요."

작은 건축인 가구는 실용성뿐 아니라 집 안에서 어떤 제품이 어떻게 사용되고 있느냐에 따라 주인의 문화적 취향까지도 반영하는 중요한 '물건'이다. 그럼에도 국내 가구 시장은 다양성이 떨어지는 편이라고 한다.

"저는 가구 디자이너라기보다는 독립 가구 제작자에 가까운 것 같아요. 세상에는 이미 좋은 물건들이 많은데 뭘 더 만들까 싶지만, 다양한 가구들이 과연 얼마나 합리적으로 소비자에게 전달되고 있는지를 고민하게 돼요."

가구 만드는 일을 잠시 내려놓은 대신 요즘 그가 집중하고 있는 것은 바로 사진이다. 사진 솜씨가 남다르다는 것은 자신의 테이블을 직접 촬영한 멋진 사진을 볼 때부터 알고는 있었다. 테이블을 만들고 이를 촬영하는 것은 오래 전부터 그의 또 다른 즐거움이었다.

"가구 만들기와 달리 혼자 생각하면서 보내는 시간이 많아 좋아요. 카메라를 끼고 촬영 나가는 일은 혼자서 산에 가는 것과 비슷해요."

각국의 주한 대사 집무실을 사진에 담다

오래 전부터 장민승을 계속 따라다니고 있던 또 하나의 고민은 서구식 교육을 받고 자란 자신의 디자인 언어가 '서구의 디자인 사투리'는 아닌가 하는 조형 언어의 정체성 문제다.

"음악을 하든 가구를 디자인하든 제가 사용하는 도구는 아날로그와 디지털에 걸쳐 있어요. 예를 들어 음악 녹음을 할 때 연주는 아날로그로 하지만 편집은 디지털로 하고, 사진 찍을 때 필름 카메라를 쓰지만 편집은 디지털로 하는 식으로. 저는 아날로그와 디지털을 병행하면서 성장한 세대라고 할 수 있어요. 비교적 짧은 시간 안에 복잡다단한 문화와 기술을 흡수하면서 자란, 혼종성을 그대로 담고 있는 것이 제 모습 아닌가 싶어요. 저뿐만 아니라 우리 세대가 모두 겪고 있는 것이죠."

각국의 주한 대사 집무실을 사진으로 찍고 그 과정을 기록하는 프로젝트는 바로 이런 고민에서 비롯되었다.

"가구를 만들다 보니 남의 집을 살펴볼 수 있는 기회가 자연스럽게 많아졌어요. 제 가구가 어떻게 쓰이고 있는지도 궁금했고요. 집 안에

놓인 가구와 집기 등을 통해 그 사람의 문화적인 취향도 느끼게 되었고, 가구라는 '물질'을 통해 현재의 문명과 다문화 현상을 관찰해 보고 싶었어요."

그래서 드러머이자 인류학을 공부하고 있는 김책과 함께 각국 대사의 책상과 그 주변을 촬영하는 프로젝트를 진행해 2010년에는 원앤제이갤러리에서 'A multi-culture(다문화)'라는 이름의 전시회를 열기도 했다. 이 작업을 위해 150여 개국의 주한 대사관에 공문을 보냈고, 20여 개국 대사관을 촬영할 수 있었다.

"각국의 문화적 맥락을 읽어내려는 이 프로젝트의 의미를 이해하는 대사관도 있었지만, 그렇지 않은 곳이 더 많았죠. 어떤 대사관은 아예 관심이 없었고, 또 어떤 곳은 커피를 내주면서 격려해 주기도 했어요. 처음엔 되도록이면 많은 대사관을 촬영하고 싶었는데, 사진이라는 결과 자체보다도 이 프로젝트의 진행 과정에서 여러 국가의 문화적 맥락을 읽어내는 텍스트가 중요한 것 같아요."

프로젝트에 응한 국가들 중에는 스위스나 독일처럼 방에 들어선 순간 그 나라에 왔구나, 하는 생각이 들 만큼 자국 정체성을 잘 살린 곳도 있었고, 그런 특징이 잘 느껴지지 않는 곳도 있었다. 특히 스웨덴은 자국의 가구를 전부 현지에서 공수하는 것은 물론이고, 페인트 칠과 가구 조립를 위해서 현지에서 사람이 올 정도로 정성을 들였다. 헝가리는 국내 제품을 이용해 자국의 분위기를 내려고 노력한 점이 인

상적이었다고 한다. 각국 대사관이 이 프로젝트를 거절하는 방식 역시 제각각이었는데, 태국이나 필리핀 같은 국가들은 정중하게 거절의 의사를 표시한 데 비해 유럽에서는 아예 무응답이거나 성의 없이 거절한 경우가 많았다고 한다. 일개의 작가가 한 나라를 대표하는 대사관에 사진 촬영을 허락 받느냐 못 받느냐라는 문제보다는 그러한 맥락을 읽어내는 게 더 중요하게 느껴졌단다.

장민승은 이 모습이 다겠지, 하고 방심하는 순간 더 숨겨진 것들이 끌려 나오는 고구마 줄기를 닮았다. 가구 디자인부터 사진, 영화음악 감독까지 마음 가는 대로 하고 싶은 일을 하면서 살 수 있는 비결은 무엇일까. 장민승은 "지체하는 시간을 두지 않고, 일하면서 고민하는 것"이라고 말한다. "일은 벌여야 벌어진다는 것이 제 소신이에요. 물론 지칠 때도 있고 의욕 상실에 빠진 적도 있었지만, 기회가 있을 때 놓치지 않았기 때문에 여러 일을 할 수 있었던 것 같아요." 이것 저것 관심도 많고 적극적이니 천상 일 벌이는 데는 선수인 것이다. 제너럴리스트이자 스페셜리스트를 원하는 현대에는 미술과 디자인, 음악판 등을 여기저기 들락거리는 그가 '딱'인 것 같다. 게다가 열심히 노력하고 싹싹하기까지 한 그는 주변 사람들에게 사랑받는 비법마저 타고난 듯 보인다.

최근에 우연히 다시 만난 장민승은 이제 다시 가구를 만들어보려한다고 했다. 갤러리에서 팔리는 가구와 친구들이 직접 구입해 매일매일 쓸 수 있는 가구 사이에서 고민해 온 그가 어떤 가구를 선보일지기대된다.

03

다국어로 통하는,
비보이 선현우

선현우 _
비보이, 외국어 교육 · 한국어 교육 사이트 운영자
talktomeinkorean.com

'지금 하는 일을 계속하는 것이 꿈' 이라고 말하는
그에게 열정적인 삶이란 현재에 만족하며 도전하는 삶이다.

누군가 간절히 하고 싶지만 망설이거나 어떤 이유로 선뜻 다가서지 못하는 이들에게 동기부여를 제공해 주고 싶었다.

1인 다역 도대체, 본업이 뭐야?

대한민국에서 가장 바쁠 것 같은 사람, 선현우. 그의 최근 명함에 있던 자신을 일컫는 키워드를 보면, 외국인을 위한 한국어 교육 방송, 한국인을 위한 외국어 콘텐츠 개발, 떠나고 싶게 만드는 여행 방송 제작, 프랑스어 · 일본어 · 스페인어 · 영어 · 중국어, 사진, 동기부여, 블로깅 소셜 네트워크, 비보잉 등 수많은 수식어가 그를 대변하고 있다. 누가 봐도 반듯한 외모에 반듯한 사고를 지닌 선현우는 명함에 박혀 있는 수식어만큼 남들과 같으면서도 다르게 살아가고 있었다. 자신은 물론 주변 사람들, 아직 만나지 못한 수많은 인연을 위해 일 년, 하루, 매 순간을 '열정'이란 단어로 엮어내고 있었다.

처음 만난 사람의 마음을 금방 무장해제시키는 힘 또한 선현우의 매력이다. 상대방을 마음속 자로 재지 않고, 자신의 있는 그대로의 모습으로 솔직하면서도 진솔하게 대하는 법을 알고 있었다. 오프라인이든, 온라인이든 자신의 모든 것을 이야기하며 함께 소통하고자 하기 때문에 사람들은 그의 반듯한 모습과 생각에 이끌려 끊임없는 소통을 만들어간다. 그는 언제나 먼저 마음의 문을 열고 함께하자고 손을 내미는 것에 익숙하다.

왠지 그의 명함에 '국민청년' 혹은 '국민젊은이'를 추가로 입력해야 할 것 같다. 그를 만나면 누구든지 열정에 동화되고 전염되기 때문이다. 그 열정은 자신 안에서 들끓는 것이 아닌, 주변 사람들에게도 바이러스처럼 퍼지게 하는 힘이 있다. 새로운 외국어 배우기를 좋아하는 그는 외국어에 능통하기 위해 몇 개월 혹은 수년씩 외국에서 몸담으며 현지 외국어를 공수(?)해 온 해외 유학파와는 달리 온전히 국내에서만 외국어를 정복할 수 있다는 것을 증명하고 있다. 해외 유학 경험 없이도 즐기면서 꾸준히 공부하면 누구나 외국어를 잘할 수 있다는 것을 직접 보여왔던 것.

여러 가지 일을 겸하다 보니, 어느 것 하나로 선현우을 대표하기 힘들다. 단, 분명한 것은 자신이 하는 모든 일들의 총합이 바로 자신을 가장 적절하게 설명해 줄 수 있을 것이라고 한다. 현재 활동하고 있는 온라인 세상을 들여다보면 좀 더 알 수 있을 것 같다.

외국어를 향한 끝없는 질주 본능

선현우는 현재 〈Talk To Me in Korean〉(talktomeinkorean.com, hyunwoosun.com) 대표로 한국어 교육관련 방송과 교재를 제작하고 있다.

〈Talk To Me In Korean〉은 외국인을 위한 한국어 교육 방송이다. 즉, 영어로 한국어를 가르치는 무료 교육 방송을 하며, 유용한 콘텐츠를 판매한다. 한국의 일상 속 모습을 사진, 오디오, 비디오에 담아 소개하는 한국 알리기 블로그 또한 한국어 교육 방송 사이트와 별도로 운영하고 있다.

'선현우의 외국어 이야기(blog.naver.com/ever4one)' 블로그는 해외 유학을 가지 않고도 외국어 공부를 꾸준히 즐겁게 할 수 있는 방법들과 실제로 외국어를 사용하는 모습들, 그리고 유용한 외국어 공부 자료를 소개한다. 이 외에도 커뮤니티와 블로그를 병합해 운영하는 '랭귀지캐스트(languagecast.net)'는 국내 최초의 참여형 외국어 학습 팟캐스트로 각광받고 있다. 매주 2회 서울에서 열리는 모임을 통해 다양한 외국어의 토크쇼 팟캐스트에 참여할 수 있고, 다개국어 스터디에 누구나 참여할 수 있다.

〈Talk To Me In Korean〉 사이트에는 한 달 동안 무려 50만 명 이상의 네티즌들과 블로거들이 찾아오고 있다. 이 외에도 사진을 하루에 한 장씩 올린다거나, 그림을 그린다거나 하는 등 하고 싶은 분야가 있으면 블로그를 통해 끊임없이 도전하고 실현해 자기 것으로 만들어나가는 데 거리낌이 없다.

하고 싶은 것은 무엇이든 한다!

선현우는 오래전부터 비보잉을 즐겨왔다. 고3때 기숙사에서 친구가 덤블링하는 것을 우연히 보고 반해 시작했다. 그 어렵던 기술도 수십 번, 수백 번 하다 보니 나아지더란다. 대학에 들어가 본격적인 동아리 활동으로 비보잉을 선택하고 공연을 다녔다. 한쪽 손가락이 휘어질 정도로 엄청나게 연습했다. 비보잉 역시 영어를 처음 배울 때와 같았다. 계속 연습하면 불가능할 것 같았던 기술도 되는 것이었다. 그

는 외국어를 자신의 것으로 만들면서 이런 성취감을 확신했다.

비보잉을 즐기고 동영상을 올렸던 것도 자신이 잘했기 때문이 아니다. 그저 비보잉을 꿈꾸는 이들에게 '당신도 할 수 있다'는 것을 보여주고 싶었다고 한다. 누군가 간절히 하고 싶지만 망설이거나 어떤 이유로 선뜻 다가서지 못하는 이들에게 동기부여를 제공해 주고 싶었다고 한다. 누구나 블로그나 랭귀지캐스트에 와서 한국어 콘텐츠를 받을 수 있게 해놓은 이유도 바로 이 같은 맥락에서다.

외국인들에게 한국어를 배울 수 있는 동기를 심어주고, 일상 속의 소소한 문화 역시 알려주고 싶었다고 한다. 그들이 잘 모르는 한국의 일상을 있는 그대로 보여주고, 궁금증을 풀어줄 수 있는 자리를 만들어가고자 했다. 수많은 관계와 인연이 맞물리면서 이루어지는 그 모든 성과를 함께 나누고 싶었다고 한다. 그 모든 것을 함께하면 즐겁기 때문에.

선현우는 외국어를 네티즌들과 함께 배우고 가르치고 소통하면서 소중한 인연과 사람들을 만났고, 그것은 그가 지속적으로 블로그나 트위터 등을 운영하게 하는 원동력이 되었다. 네티즌들은 이야기를 보거나 들을 때, 어떤 이야기를 담아내려는지 금방 알아보기 때문에 자신이 아니면 세상에서 만들 수 없는 그 무엇을 만들어야 한다. 요즘은 또 각종 데이터가 쌓이다 보니, 6개월 전이나 혹은 2년 전에 올렸던 글이 현재 이 시간에도 검색되기 때문에 자신이 올렸던 수많은 글들이 시간이 지나도 여전히 가치 있는 것인지 더욱 고민을 하게 된다. 그래서 매 순간 더욱 집중을 해서 자신이 하고자 하는 일에 몰두한다.

2012년까지 10여개 국어를 목표로

선현우의 똑 부러진 생각과 행동은 영어 '울렁증'에 걸린 수많은 이들에게 용기와 도전을 가져다주었다. 그를 만나고 나서 영어에 대해 자신감과 의지와 도전정신이 생겼다는 이가 한둘이 아니다. 그가 인터넷을 통해 자신과 동참하는 이들을 격려하고 용기를 주기 시작한 것은 2006년부터다. 굳이 해외 유학을 다녀오지 않아도 외국어 블로그를 통해 공부할 수 있다는 것을 보여주고 싶었다고 한다.

선현우 역시 해외 유학파가 아닌 오로지 자신의 노력으로 외국어 실력을 갖춘 경우이기 때문에 자신의 블로그를 통해 다른 친구들도 할 수 있다는 자신감을 갖고 점차 실력을 늘려갈 수 있기를 바랐다. 그리고 그 과정을 공유해 나가기 시작했다. 고등학교나 대학 이후 그만두다시피 한 영어 공부, 사회인이 되어서 10~20년간 담을 쌓거나 포기했던 이들이 다시 어학을 시작했다.

학원이나 다른 교육기관처럼 단계별 과정이 있는 것은 아니다. 단지 매일 특정 주제나 단어를 정해 토론하며 언어를 자연스럽고 재미있게 습득해 나간다. 그렇게 함께 이야기하고, 생각하다 보니 영어 공부나 다른 외국어가 재미있을 수밖에 없다.

영어뿐만 아니라 중국어, 일본어를 동시에 가르치는 동영상을 올려 유튜브에서도 인기를 모은다. 유튜브를 통해 외국인들에게도 한국말을 가르치고 문화를 가르친다. 현재 선현우는 영어, 일본어, 중국어, 프랑스어, 스페인어, 독일어, 이탈리아어 등 7개 국어를 하고 있으며, 오는 2012년까지는 러시아어, 아랍어, 인도네시아어, 에스페란토어 등을 추가해 10여개 다국어 달성을 목표로 하고 있다. 매사에 적극적인 선현우의 다국어 열정은 이렇듯 그칠 줄 모르고 있다.

내가 아니면 안 되는 것을 만들다

트위터에서는 한국어와 외국어를 섞어서 사용한다. 내국인들뿐만 아니라 전 세계적으로 퍼져 있는 네티즌들과의 소통을 위해서다. 트위터를 통한 소통은 블로그보다는 한층 더 발빠른 커뮤니티를 만들어내고 있다. 국적을 넘나드는 그의 커뮤니케이션을 위해 트위터가 무엇보다 유용한 공간으로 활용되고 있는 것이다. 1천여 명이 넘는 방문객(follower) 때문에 한국을 알리는 역할이 보다 탄력을 받고 있다. 아무리 힘들어도 자신이 하고자 하는 생각을 알아주고, 함께 동참하는 든든한 이들이 있어 그는 언제나 발걸음에 힘이 잔뜩 들어가 있다.

매사에 적극적인 선현우의 열정은 끝이 없다.

물론, 선현우 역시 처음부터 영어를 잘 하지는 않았다. 오히려 영어에 대한 열등감이 그를 지금에 이르게 했다. 고등학교 때 외국인 선생님 앞에서 우물쭈물했던 것이 창피해 영어를 시작하게 됐고, 그를 어학특기생으로 대학까지 가게 만들었다. 선현우는 자신에게 주어진 상황 앞에서 어떤 일이든지 열정과 도전 정신을 가지고 임하고 있다.

미래는 지금 현재 안에 있다!

자신이 좋아하는 일을 꾸준히 할 수 있는 원동력은 바로 그의 끊임없는 열정과 도전정신에 있었다. 어떤 상황, 어떤 순간도 열정적으로 도전하는 기회로 만들 줄 아는 본능적인 감각을 타고났다.

모 기업 행사에 파워블로거 자격으로 호주에 갔을 때다. 그곳의 모습을 현장감 있게 동영상으로 소개하고, 현지인들을 인터뷰했다. 자신의 외국어 실력을 가늠해 보는 실습 무대였던 셈. 그러다가 재미있

는 여행 방송을 하고 싶다는 생각을 갖게 되었다. 직업이 하나 더 늘어난 것인데, 그는 이미 여러 방식으로 그 꿈을 이루고 있다.

선현우는 수많은 네티즌과 함께 외국어를 꾸준히 공부하는 것과 더불어 외국인들에게 한국어는 물론, 한국의 문화를 알리는 일을 지속하고 싶다고 한다. 외국인들이 한국에 대해 오해하거나 잘 몰랐던 부분을 하나씩 알아가는 모습을 보고 그들의 반응과 관심, 호기심어린 이야기들을 들으며 보람 그 이상의 전율을 느끼기 때문이다.

블로그나 트위터, 인터넷 방송 등을 통해 자신의 꿈을 이루고, 그 속에서 즐거움과 행복을 만끽하며 다국적 네티즌들과 소통한다. '지금 하는 일을 계속하는 것'이 꿈이라고 말하는 그에게 열정적인 삶이란 바로 현재에 만족하며 도전하는 삶이다. 무엇인가 새로운 것을 꿈꾸기보단 현재 하고 있는 일을 10년, 20년 혹은 30년이 지난 뒤에도 계속할 수 있기를 바란다는 그의 미래는 바로 현재 안에 있음을 알 수 있었다.

04

한 손으로 펼치는
마술의 세계,
마술사 조성진

조성진 _
마술사, 크로스매직 대표
crossmagic.co.kr

한 손으로 마술하는 그에게 더 이상 '기적'이나 '놀라운'이라는 표현은
적절치 않다. 마술을 하면서 사고를 당하는 아픔도 겪었지만
그 일은 더욱 성숙해지는 계기가 되었다.

"제 마술의 주제는 꿈과 희망이에요. 다른 마술사처럼
현란한 쇼를 보여드리지는 않지만 작은 동작 하나에도
긍정의 메시지를 담아 감동을 주고 싶어요."

지금껏 마술이란 양손을 사용해 앞에 앉은 이들의 눈을 속여 정신을 쏙 빼놓는 것으로만 알고 있던 이들은 조성진의 마술을 보고 깜짝 놀란다. 이름보다 '기적의 한 손 마술사'라는 호칭으로 더 유명한 그는 사고로 오른손을 잃었으나 절망하지 않고 멋지게 재기해 사람들에게 감동을 주고 있다.

나는야 건방진 한 손 마술사

습관처럼 리모콘을 손에 쥐고 심드렁한 표정으로 이리저리 채널을 돌리던 중 한 TV 프로그램에 등장한 조성진의 마술에 몰입하게 되었다. 마술이 '마법'이 아니라는 사실을 소싯적에 깨닫고 난 뒤부터는 그다지 마술이 신비롭지 않았었는데, 눈앞에 펼쳐지는 건 정말이지 믿을 수가 없었다. 조성진은 달랑 한 손만으로 놀라운 장면을 연출하고 있었다. 카드를 섞지 않고도 남의 손에 쥔 카드를 알아맞히고, 보는 사람 간 떨어지게 맨손으로 못 판을 찍어대고, 눈에서 왕 다이아몬드를 꺼내는 그의 모습에 출연자들은 "어떻게 한 거야?", "진짜 신기하다", "말도 안 돼"라며 호들갑을 떨었다. 그렇다. 정말 말도 안 되는 장면이었다.

마술 소품으로 직접 만든 수갑 목걸이를 목에 걸고 나타난 그는 또래의 젊은 친구들처럼 발랄했지만, 한편으로 나이에 비해 무척 진지하고 조숙(?)했다. 조성진은 '건방진 마술사'다. 오른손을 늘 바지 주머니에 꽂고 마술쇼를 펼치기 때문에 붙은 별명이다. 지난 2004년 마술계에 입문한 뒤 선배의 보조로 무대에 섰다가 기계 오작동으로 화약통이 폭발해 사고를 당했다. 2차례 수술을 하며 4개월 동안 입원했다. 그러나 결국 오른쪽 손가락 대부분을 절단해야 했고, 양쪽 고막도 손상을 입었다. 그 정도로 다친 게 다행일 정도로 큰 위기를 넘긴 것이었지만, 마술사의 생명인 손가락을 잃었으니 그는 정말이지 죽고만 싶었다. 갓 스물을 넘긴 청년에게 이 사고는 절망 그 자체였다. 7~8개월 간 매일 술만 마시며 혹독한 방황의 시기를 겪었다.

"어느 날 거울을 봤는데 폐인이 된 제 모습이 낯선 사람처럼 느껴졌어요. 그런 모습은 내가 원했던 것이 아니었기에 충격을 받고 마음을 다잡았죠."

마술의 'ㅁ'만 들어도 진저리가 났을 법도 한데, 그는 자신에게 상처를 준 마술을 다시 시작했다. 잠 잘 때도 카드와 동전을 손에서 놓지 않고 연습했다. 한 손만으로는 마술을 하기 어려우니 그만의 방식을 만들어야 했고, 마술 도구와 장비도 직접 개발했다. 그렇다 해도 한 손으로 선보이는 마술이 처음부터 성공적일 리는 없었을 터. 첫 공연은 실수투성이였고, 한 손이 없다는 것에 관객들이 동정했다. 그 뒤부터는 오른손을 주머니에 넣고, 워낙 실력이 좋아 한 손으로도 마술을 하는, 일명 건방진 마술사로 콘셉트를 잡았다. '건방진 마술사'는 불리한 조건을 장점으로 부각시키고자 스스로 붙인 별명인 셈.

TV 프로그램 출연은 한 달 동안 준비한 결과

그를 유명하게 만든 TV 프로그램 〈스타킹〉의 출연은 정말 우연한 기회에 찾아왔다. "저와 의형제를 맺은 한국 무에타이 챔피언 최재식 선수의 권유로 출연을 결심하고 한 달 동안 준비했어요. 병원에 입원했을 때 한쪽 팔로 싸우는 그분의 경기를 보고 감명 받아 미니 홈피에 글을 남겼고, 몇 차례의 답장이 오간 뒤 첫 만남에서 의형제를 맺었죠. 암흑 그 자체였던 저에게 용기를 준 고마운 분입니다. 〈스타킹〉 출연을 준비하면서 막판에는 하루에 2시간밖에 못 잤는데, 그때 보여드린 마술은 제 쌍코피의 결과예요. 하하."

그가 선보이는 마술은 사람들의 눈앞에서 갖가지 묘기를 선보이며 친근감을 느끼게 하는 '클로즈업'이다. 준비했던 많은 것을 보여주지 못해 아쉬웠지만 그 프로그램에서 2승을 거두며 팬 카페가 생길 정도로 사람들의 관심을 모았다. 개인적으로 가장 신기했던, 눈에서 다이아몬드가 나온 마술의 비밀은 뭐냐고 물었더니 '영업 비밀'이라며 웃기만 했다.

"중학교 때 TV에서 마술쇼를 본 이후, 나도 마술사가 되면 저런 걸 할 수 있겠구나 생각했지요. 그때부터 마술사가 되고 싶어 했던 것 같아요. 언젠가부터 그 꿈을 잊고 지냈는데, 이은결 씨의 무대를 보고 '아, 나도 마술사의 꿈을 가졌었지'라는 사실을 기억해 냈죠. 늦은 건 아닌가 싶었지만 정말 해보고 싶어서 무작정 마술계에 입문해 4년간 마술을 배우고 익혔어요."

사실 그는 마술을 접하기 전까지는 종종 사고도 치고 다니던 천방지축 말썽꾼이었다. 정말 하고 싶었던 마술을 시작하고 사고를 당하는 아픔도 겪었지만, 그 일은 더욱 성숙해지는 계기가 되었다.

"사고 때문에 많은 것을 잃었지만 배운 게 더 많은 것 같아요. 좀 이른 얘길지 모르겠지만 삶과 죽음에 대해서 깊이 생각했어요. 살아 있다는 것도 감사했고, 사고가 저를 많이 바꾸었으니 운이 좋았죠."

마술사란 직업은 무대에서는 카리스마를 발휘해야 하는 직업이라 실수를 하거나 약간 부족해도 뭐든 잘 하는 척해야 한다. 물론 아찔했던 실수도 있었다. "비둘기 그림을 그리면 책에서 비둘기가 날아올라야 하는데, 그림을 그리는 도중에 비둘기가 튀어나온 거예요. 어찌나

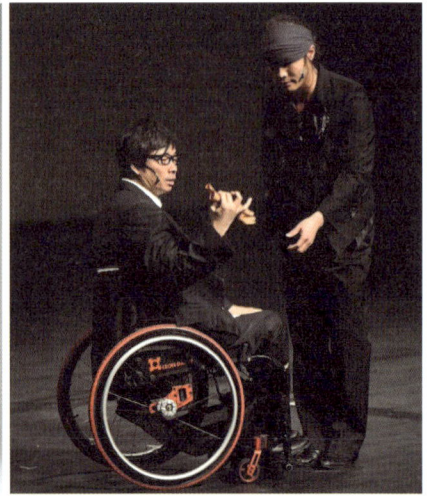

조성진(왼쪽), 꽁따리 유랑단에서 공연하는 모습(오른쪽).

당황했던지. 그러나 아무 일도 아닌 척 침착하게 비둘기를 다시 새장 안에 집어넣고 위기를 무마했죠."

마술은 그냥 '짠' 하고 나오는 게 아니라, 종합 예술에 가까운 연출과 준비가 필요하다. 아무리 간단해 보이는 마술이라도 테이블을 세팅하고 메시지를 잡은 뒤 극을 연출해야 비로소 사람들 앞에 선보일 수 있는 것. 그러다 보니 마술을 위한 연습보다도 아이디어를 짜내고 도구를 만드는 데 더 많은 시간을 투자한다. "보이는 것보다는 안 보이는 게 진짜 트릭이니까요." 마술 아이템이 몇 개냐고 물어보자 카드 마술만 200여 개가 넘기 때문에 헤아리기가 어렵다고 했다.

"제 마술의 주제는 꿈과 희망이에요. 다른 마술사처럼 현란한 쇼를 보여드리지는 않지만 작은 동작 하나에도 긍정의 메시지를 담아 감동을 주고 싶어요."

기적의 한 손 마술사?

조성진은 비장애인과 장애인이 함께 어울려 자선 공연을 하는 '꿈따리 유랑단'의 배우로도 활약 중이다. 꿈따리 유랑단의 단원을 뽑는 오디션을 통해 끼 있는 장애인을 발굴하고 신나는 유랑을 떠난다는 줄거리의 이 공연에서, 그는 실제 모습으로 출연해 사고부터 절망을 극복하게 된 과정을 마술로 연기한다. 이 공연에는 외팔이 파이터로 유명한 한국 무에타이 챔피언 최재식, 장애인 가요제 금상 수상자인

심보준, 청각 장애를 가진 김희화 등이 함께 무대에 선다. '꿈따리 유랑단'은 잘 알려진 대로 교통사고로 하반신이 마비된 강원래 단장을 중심으로 모인 공연단으로 지난 2008년부터 한국문화예술위원회 복권 기금의 후원을 받아 소외 계층 문화 나눔 사업의 일환으로 전국을 돌며 춤과 노래를 선보이고 있다. 전국의 보호관찰소와 소년원, 농어촌 소외 지역을 찾아 공연하고 있으며, 지난 2009년 8월에는 같은 이름의 소설도 나왔다. 강원래 단장은 〈스타킹〉에 출연한 조성진을 직접 찾아와 응원해 주며 쇼맨십과 무대 매너 등에 대한 조언을 아끼지 않는 등 많은 도움을 준 지원군이기도 하다.

"미니 홈피에 저처럼 몸이 불편하신 분들이 찾아와 용기를 얻었다는 글을 많이 남겨 주세요. 저는 단지 공연을 한 번 했을 뿐이지만, 생각지도 못한 부분에서 격려와 칭찬을 듣게 되니 무척 감사하지요. 저에게 사고는 큰 아픔이었지만, 그 일이 아니었다면 이런 활동을 할 기회도 없었을 테니 그것도 감사한 일이네요."

현재 조성진은 마술엔테테인먼트 크로스매직의 대표로 일하고 있다. 앞으로 그의 계획은 마술사로서의 입지를 굳게 다지고 봉사 활동에도 더욱 열심히 참여하는 것이다. 물론 지금도 마술사지만 '한 손 마술사'라는 타이틀 대신 실력으로 더욱 인정받는 마술사가 되고 싶다고 했다. 외국 마술 대회에 출전할 계획도 갖고 있다.

"명절만 되면 외국 마술사들이 TV의 모든 마술쇼를 점령하는 현실이 씁쓸해요. 외국 마술사와 견주어 하나도 부족할 게 없는 실력으로 한국 마술사의 자존심을 보여주고 싶습니다. 그래서 다음 명절에는 조성진이라는 이름을 건 멋진 마술쇼를 선보일 수 있으면 좋겠네요. 아직도 대부분의 사람들은 '신기한 거 보여주는 것' 정도가 마술의 전부라고 여기는 경우가 많은데, 마술은 종합 예술에 가까운 엔터테인먼트라는 점을 알아주셨으면 해요. 또 잠깐의 공연을 위해 몇 달 동안 준비하는 마술사의 노력도 알아주시면 좋고요."

그를 직접 만나고 나니, 조성진에게 더 이상 '기적'이나 '놀라운'이라는 표현은 적절치 않다는 생각이 들었다. 장애를 딛고 지금처럼 한 손으로 마술쇼를 선보이기 위해 그가 무대 뒤에서 얼마나 많은 땀을 흘리며 노력했을까. '기적'은 그가 흘렸을 땀방울과 투자의 대가다.

05

얼굴에 선을 긋고
세계로 비상하다!
수제 안경 전문가 황순찬

황순찬 _
금속공예가, 수제 안경 전문가, '얼굴에 선을 긋다' 운영

세계적인 디자인 대회 '레드닷'에서 안경 디자인 부문 최초로 수상했다.
그의 안경은 상품이 아닌 작품과 수제라는 예술적인 시각을 가지고 있기에
세계적인 브랜드로 부상할 조건들을 모두 갖추었다.

"착용하는 사람에 맞춰 제작되기에
세상에 하나밖에 없는 제품이 탄생하게 된 거죠."

금속공예가인 '황순찬'의 이름은 안경업계에서 유명하다. 금속공예와 안경이 무슨 연관이 있을까 궁금하다면 그의 작품을 살펴봐야 한다. 수제 안경. 바로 그가 만드는 작품이자 상품이다.

이 젊은 작가의 이름이 널리 알려지게 된 건 2009년 4월, 디자인대회 인 '레드닷'에서 안경부문 'Honorable Mention' 상을 받은 이후부터다. '레드닷'은 'iF', 'IDEA'와 함께 세계 3대 디자인상으로 꼽히며, 독일 노르트하임 베스트팔렌 디자인센터가 주관하는 세계 최대 규모의 디자인 공모전이다. 물론 전통과 첨단을 아우르는 한국의 디자인이 세계 무대에서 인정을 받은 건 이번만이 아니다. 세계 3대 디자인상 10개 중 한 개가 우리나라 디자인으로, 10% 수상 비율을 자랑할 정도로 한국의 디자인 감각은 세계적으로 유명하다. 하지만 '황순찬'의 이름이 유독 빛나는 건, 안경 디자인 부문에서 수상한 인물은 그가 처음이기 때문이다.

사진 한 장으로 수상의 영광을 안은 작품 '하나'

"사실 작품을 보낼 때까지 반신반의했어요. 제 전공이 산업디자인이 아닌 금속공예잖아요. 작품은 수제로서 상품과 공예 사이에 있기에 심사의원의 성향에 따라 달라질 수 있으니 고민할 수밖에요. 게다가 작품을 보내지 않고 사진만 촬영해서 보낸 터라 디테일한 면까지 볼 수 없어 감점 받을 각오를 했거든요."

세계적인 디자인 대회에 작품이 아닌 사진만을 달랑 보냈다고 하면 대부분 이해할 수 없다는 표정을 지을 게 뻔하다. 대회의 특성상 제출한 작품은 반환되지 않으니 어렵게 공들여 만든 작품을 잃고 싶지 않았단다. 안경을 상품이 아닌 작품으로 디자인했기에 상을 받지 못하더라도 어쩔 수 없다는 입장은 확고했다.

수상의 영광을 안은 작품명은 '하나'. 대학원 장신구 수업 때 남자 액세서리로 만든 첫 작품이었다. 여러 액세서리 중 무엇을 만들까 고민하다가 스스로를 위한 장신구를 만들기로 결심했고, 분신처럼 쓰고 다니는 안경을 새롭게 디자인하기로 했다. 담당 지도교수는 '지나치게 상업적 분야가 아닐까' 우려를 했지만, 일상에서 자주 쓰이면서 공예로서 가치를 일깨우는 수단으로 '안경'이 딱이다 싶었다. 그래서 가볍고 부식이 되지 않는 85cm 티타늄 한 가닥을 이용하여 섬세한 라인이 돋보이는 안경을 만들었고, 한 가닥으로 만들었다고 하여 '하나'라는 이름을 붙이게 되었다. 작품의 소재로 티타늄을 고른 것은 안경의 특성상 손이 많이 닿는다는 점을 고려한 것으로, 티타늄이 시간의 흐름과 잦은 접촉에도 변형이 없는 성질을 가졌기 때문이다. 결국 젊은 금속공예가의 선택은 성공적이었고 '하나'는 교수들에게 인정받는 작품이 되었다.

"같은 디자인이어도 안경의 컬러가 조금씩 다른데, 이는 다른 온도의 열처리를 통해 나온 티타늄 고유색입니다. 이렇게 수제로 작업을 하다 보니 같은 디자인이라 하더라도 똑같은 모양을 낼 수 없고, 착용하는 사람에 맞춰 제작되기에 모방이 불가능한 세상에 단 하나밖에 없는 제품이 탄생하게 되죠. 단점이라면, 다리가 접히지 않아 보관하는 데 다소 어려움이 있어요."

그렇다고 착용 시에도 불편할 것이라는 선입견은 버리자. 제작 이후 스스로 1년간 쓰고 다녔는데, 프레임이 코 가운데 정확히 맞기 때문에 안경 쓴 것을 잊은 채 잠자리에 들 정도로 착용감은 우수하다.

'안경'을 통해 금속공예의 아름다움을 전하고 있는 작가 황순찬은 국민대학교 공예미술을 전공하고 동대학원에서 금속공예를 전공하였다. 대학원 시절 얻은 아이디어 이후 '금속공예를 접목한 안경'에 대한 공부는 계속되었고, 대학원 졸업 논문도 '안경 프레임'을 소재로

황순찬(왼쪽). 세계적인 디자인대회 레드닷 수상 작품 '하나'(오른쪽).

썼을 정도로 심도 깊게 연구해 나갔다. 그러다가 대학원 졸업 전 해인 2008년, 신사동 도산공원 부근에 국내 최초 수제 안경 스튜디오를 열었다. 사실 '레드닷'의 출품도 스튜디오를 연 이후에 이루어졌다. 안경테를 연구하고 스튜디오를 열면서 안경으로 받을 수 있는 상을 찾았지만, 작품을 인정받을 만한 권위 있고 독자적인 안경 디자인 대회는 찾기 힘들었다. 그래서 가벼운 마음으로 '레드닷'의 '안경부문'에 출품하였는데, 수상의 영광을 안은 것이다.

세련된 외관과 현대화된 인테리어를 자랑하는 스튜디오의 이름은 '얼굴에 선을 긋다'이다. 안경의 기계적인 분위기를 '그림을 그린다'는 표현으로 대체하여 부드러우면서 감각적인 브랜드명으로 완성시켰다. 사람들은 스튜디오 앞을 지나다가 안경원인지 갤러리인지 궁금해 "도대체 뭘 하는 곳이냐?"며 들어오곤 했다. 그도 그럴 것이 안경 모양의 메인 간판이나 시력검사표 모양을 차용한 입구 간판이 '안경'과 관련된 곳이란 언지를 주지만, 일반 안경원처럼 그 흔한 시력검사표나 다양한 제품의 안경들이 즐비하게 놓여 있는 모습은 찾아볼 수 없기 때문이다. 사람 얼굴 형상을 한 10개 남짓한 철재에 걸린 안경들이 전부다.

"첫 손님은 우연히 스튜디오 앞을 지나다가 들어오신 손님이었어요. 다른 사람들과 마찬가지로 무슨 가게인지 궁금해 들어왔다가 제가 디자인한 안경 '하나'를 보고 무척 마음에 들어 하며 사가셨죠. 이후 부인과 따님까지 데리고 오셔서 안경을 구입했어요. 보관하기 어려운 실용적이지 못한 디자인임에도 불구하고 그 특별함을 인정해 주신 그분 덕분에 힘을 얻고 계속 디자인에 몰두할 수 있었답니다."

수제 안경이라고 하면 아무래도 가장 궁금한 것이 가격이다. 세상에 하나밖에 없는 나만의 안경으로, 착용감 또한 뛰어나다는 점을 감안, 얼마나 비쌀지 궁금했다. 살며시 가격에 대해 물어본 결과 '레드닷'에서 상을 받았던 '하나'가 200만 원 정도란다. 고가에 놀라기도 했지만 획일화된 공산품으로서가 아닌 예술적 감각을 결합한 작품으로서 선택한다면, 그리 비싼 건 아니라는 생각이 들었다. 1년 전에만 해도 조금 더 저렴했지만 수출이 이루어지면서 이제야 제값을 받게 된 것. 기본 모델 이외의 디자인 의뢰가 들어가면 값이 더 올라가고, 스와로브스키 크리스털 같은 액세서리가 붙으면 더욱 비싸진다. 하지만 평생 '애프터서비스'를 보장한다고 하니, 손으로 만든 수제의 진정한 가치를 느껴보고 싶은 마음만 있다면 충분히 투자할 수 있지 않을까 싶다.

스튜디오가 강남 신사동에 있고 안경 하나 가격이 이처럼 고가이니 돈을 많이 벌었겠다 싶지만, 1년에 팔리는 건 20~30개 안팎. 그나마 상황이 좋아진 것으로 얼마까지만 해도 이에 훨씬 못 미치는 판매율로 고전을 면치 못했다. 앞으로의 가능성을 믿고 수공예 안경의 독자성과 가치를 내다본 아버지의 지지가 없었다면 스튜디오 운영이 불가능했을 정도다. 그의 안경에 대한 자신감과 열정도 한몫했다. 안경이라는 디자인 자체가 사람에게 가장 근접해 있고, 첫인상을 결정하는

데 중요한 자리를 차지하는 장식품이기에 그 가능성은 무궁무진하다
고 믿었기 때문이다.

쓰임새, 모양에 따라 다른 세상에 하나뿐인 안경들

'레드닷' 수상 덕분에 유명해진 '하나' 이외에 그가 디자인한 제품
들은 또 어떤 것들이 있을까. 오랜 시간 금속공예와 결합된 안경 디자
인을 연구한 덕분인지 제품은 생각보다 다양했다. 하나, 그리, 가갸,
도도, 어리마리, 멀어지다, 나는 해지우다, 옛, 뾰두라지…… 안경 제
목들이 모두들 예사롭지 않다. 알고 보니 모두 한국식 이름으로, 만들
때의 느낌이나 쓰임새, 혹은 모양에 따라 붙인 것들이다.

가장 안경스러운 안경 '가갸'는 한글의 모음에서 따왔으며, '그리'
는 친구들과 MT 가서 마카로 얼굴에 낙서했던 아이디어에서 얻은 제

메이크업 아티스트 조성아 씨가 주문한 '뾰두라지'(왼쪽), 보잉 선글라스 '나는 해지우다'(오른쪽).

품으로 펜으로 그린 듯 자연스러운 테의 굵기가 재미있다. 남다른 개성을 추구하는 남학생들에게 좋은 반응을 보이고 있기도 하다. '어리마리'는 잠이 푹 들지 않은, 정신이 흐릿한 모양을 가리키는 형용사. 그런가 하면 디자인할 당시의 감성이 담긴 '멀어지다'는 인터뷰 시 그가 쓴 안경이었다. 도도한 느낌이 물씬 풍기는 '도도'나 코걸이가 독특하여 고전적인 느낌이 나는 '옛' 등도 있다. 그 중에서도 작가가 제일 좋아하는 이름은 '나는 해지우다'로 '나는'은 '날다'라는 의미이며, '해지우다'는 선글라스를 가리키는 것으로, 비행기 조종사들이 사용하는 보잉 선글라스를 뜻한다.

"수제 제품이다 보니 이름이 정해진 몇 개의 모델 이외에도, 의뢰에 따라 디자인 작업을 해드리기도 하죠. 그렇게 해서 나온 게 바로 '뽀두라지'입니다. 이 안경은 메이크업 아티스트 조성아 씨가 특별히 주문을 의뢰해서 제작된 것으로 콘셉트에서 완성까지 3개월이 걸렸답니다."

뽀두라지는 복고, 가벼움, 스와로브스키 크리스털, 이렇게 세 가지 조건을 가지고 몇 번의 수정 끝에 만들어진 제품이다. 안경 윗면을 장식한 스와로브스키 크리스털은 손으로 일일이 붙여서 만들어 개성을 더욱 돋보이게 했고, 그 정성 때문인지 안경을 받은 조성아 씨도 매우 만족했단다.

그의 수제 안경들은 대부분 고객과의 협의를 통해 디자인을 정하고 제작에 들어가는데, 그 과정이 쉽지만은 않다. 디자인이 정해지면 도면을 그리고 모델링해서 사용하는 사람에 맞춰 몇 차례의 수정 기간을 거치기에 통상적으로 1~2주 정도의 시간이 소요된다. 수공예 안경은 순도 99.9%의 티타늄 판재와 와이어로 제작되며, 티타늄은 가볍고 변형이 없어 환영받는 대신 가공의 어려움을 몇 단계 거쳐야 한다. 이렇게 오랜 수정 끝에 완성된 제품에는 세상에서 단 하나뿐인 안경을 나타내는 로고와 상품명이 왼쪽 안경다리에 새겨진다. 그리고 반대쪽 안경다리에는 영문으로 'Drawing on Face'라는 문구를 새겨 넣는다. 마지막 단계로 제휴를 맺은 안경원에 가서 시력에 따라 렌즈를 맞추면 드디어 수제 안경 하나가 완성되는 것. 제작 초기 단계부터 완성까지 수공예 안경으로서만의 가치를 느끼게 해주는 과정들이다.

사람 얼굴에 따라 달라지는 안경 디자인을 연구하다 보니 자연스럽게 생긴 습관은 사람들의 두상 구조를 관찰하는 거다. 관찰하기 가장 좋은 장소는 버스와 지하철 같은 대중교통 안. 사람들의 모습 하나 하나를 관찰하며 두상이나 얼굴 형태에 따라 어울리는 안경테를 연구할 수 있는 것은 물론 유행하는 디자인까지 파악할 수 있으니 가장 좋은 연구실이 된다고 한다.

세계적인 안경 브랜드를 향한 꿈

얼마 전까지만 해도 저렴하게 대량 생산되는 중국산 안경이 우리나라는 물론 세계를 휩쓸었다. 하지만 시간이 지날수록 저렴함을 내세우며 공장에서 똑같이 찍어낸 제품 대신 자신만의 개성을 살릴 수 있는, 일명 명품 브랜드를 선호하는 시대로 변화하고 있다. 그래서인지 황순찬 작가의 수제 안경은 외국에서 반응이 꽤 좋다. 이미 유럽에서도 호평을 받은 상태이며, 2009년 10월에 열린 '일본 IOFT 안경 박람회' 참가에 이어 2010년 뉴욕컬렉션에서 국내 디자이너 정구호의 '헥사바이구호(HEXA by Kuho)' 모델들이 착용하면서 관심이 높아졌다. 이를 계기로 다양한 패션 브랜드들로부터 함께하자는 러브콜을 받기도 했다. 산업디자인 분야를 선도하는 선진국들을 볼 때, 수제품에 작가의 예술성과 창의성이 더해져 고부가가치 산업으로 꽃피우는 경우가 대부분이다. 그런 점에서 그의 안경은 상품이라는 한정적 시각에서 벗어나 작품과 수제라는 예술적 시각을 가지고 있기에 세계적인 브랜드로 부상할 조건들을 갖추었다. 그런 상품적 가치를 미리 알아본 그는 몇 년 전 '얼굴에 선을 긋다' 상표등록을 마치고 차근차근 계획적으로 움직이고 있다.

"이제 시작이라고 생각해요. 안경이 가지고 있는 대중성과 제가 가지고 있는 수제의 예술적 감각을 합쳐 새로운 시도를 계획하고 있거든요. 기존의 수제 라인은 물론 앞으로는 '얼굴에 선을 긋다'란 이름으로 공장 라인까지 겸할 예정이에요. 수제 라인은 지금처럼 의뢰인에 맞춰 만드는 것이며, 공장 라인은 대중적인 안경테 디자인을 생산하는 것입니다. 하지만 '상품'으로 취급되었던 중저가의 안경이 아닌, 디자인의 특성을 살린 예술적 안경으로 브랜드화할 계획이에요."

다섯 가지 모델을 완성하였고 2010년 6월 첫 모델들을 출시한 '얼굴에 선을 긋다' 공장 라인을 만들었다. 개성과 예술성이 가미된 디자인 안경을 다양화시켜 그의 스튜디오는 물론 일반 안경점에서도 해외의 이른바 명품 브랜드 옆에 당당히 '얼굴에 선을 긋다'란 브랜드가 자리 잡게 하기 위함이다. 여기에 더해 2011년 3월 '스토리헨지'의 아이웨어 SPA브랜드 〈알로(ALO)〉와 손을 잡고 'ALO X Drawing on Face' 라인을 출시하기도 했다. 200만 원대 작품에서 느껴지는 감성적 완성도를 20만 원대 가격으로 재현했으며, 티타늄 작품의 모티브를 뿔테로 재현한 뿔테 라인 역시 10만 원대의 합리적인 가격으로 출시되어 주목을 모았다.

"시간이 걸리겠지만 서두르지 않을 거예요. '얼굴에 선을 긋다' 브랜드가 세계적인 명품이 될 때까지 얼굴을 연구하고 디자인을 하며, 안경으로서 얼굴에 아름다운 선을 그릴 수 있도록 최선을 다할 테니까요."

그동안 우리나라 안경 산업은 국내 자생적인 안경 디자인 생산이 가능함에도 불구하고 이탈리아나 프랑스 등 디자인 선진국에 종속되어 고부가 가치의 산업으로 발전하지 못한 게 사실이다. 하지만 점차 우리나라도 디자인 사업에 대한 투자가 늘고 있다. 그런 점에서 차별화된 디자인으로 세계적인 안경 브랜드를 만들겠다는 그의 꿈이 그리면 이야기가 아닌 듯하다. 세계인의 얼굴에 아름다운 선을 그어 '황순찬'만의 '손맛'을 느낄 수 있도록 그는 오늘도 작업실에서 안경 디자인 연구에 박차를 가하고 있다. 그의 땀방울 하나 하나가 세계를 감동시키는 안경 디자인으로 재탄생될 때, '얼굴에 선을 긋다'는 대한민국을 대표하는 작품이 될 것이다.

청춘, 새로운 길을 만들다

#2 행복

청춘,
인생의
주인공이 되다

06

글과 카툰에서
웃음과 희망 발라내기,
하루 다이어리 이진이

이진이 _
일러스트레이터
haruillust.com

리가 그녀의 '하루 다이어리'에 공감하는 것이다.

하루 다이어리, 일상 속의 잔잔한 감동

이진이는 세상에서 가장 중요한 것은 '뭔가 하고 싶다는 마음'이라고 한다. 끊임없이 배우고, 사랑하고, 달리고, 노력하고 싶어 하는 의지가 현재의 그녀를 만들었다는 것이다. '뭔가 하고 싶다는 마음'이 다른 사람과 자신을 다르게 만들고 어제보다 더 나은 오늘을 만들며, 그러한 마음이 꿈이 되고 인생을 특별하게 만들어간다는 것이다.

그러나 그녀 역시 한때는 소심하고 우울하게 생활했었다. 어릴 때두 번이나 큰 화상을 입어 평생 열등감 속에서 살아왔던 그녀는 이제 10년 가까이 운영하는 하루 일러스트(haruillust.com) 홈페이지와 매년 작업해서 출시하는 다이어리, 세 번째 책에 이르기까지 자신과 많은 팬들에게 유쾌한 바이러스를 전하고 있다.

남자친구의 권유(지금의 남편)로 시작한 카툰을 통해 일상의 소소한 아픔이나 슬픔을 표현하고 기쁨과 용기 내는 법을 배웠다. 그리고 그 솔직하고 인간적인 모습은 많은 이들의 마음을 움직였다. 아무것도 아닌 것 같은 일상 속에서 감동을 얻고, 아기자기하게 그려진 카툰에서 사람들이 희망과 웃음, 용기를 얻어간 것이다. 지금도 이진이의 홈페이지에 들어가 보면, 젊은 친구들이 진로 상담이나 사회생활을 하면서 겪는 어려움, 자신의 미래와 꿈에 대하여 질문을 쏟아낸다. 그저

'하루'의 인생을 특별하게 만든 것

질끈 묶은 머리와 호기심 어린 큰 눈이 인상적인 '하루'는 웹상에서 '하루 다이어리'의 캐릭터로 꽤 유명하다. 일상의 모습을 홈페이지에 담아내 네티즌의 공감을 불러일으키는가 싶더니, 2006년부터는 캐릭터 다이어리로 돌풍을 일으켰다. 카툰을 통해 우울하고 엉뚱하다가도 유쾌 발랄한 모습으로 팬들과 공감을 만들어내고 있는 이진이는 다이어리와 도서, 캘린더와 스티커 등으로 사람들의 감성을 자극하고 있다.

하루를 통해 누구나 한 번쯤 고민하고 아파했던 것들을 편안하게 표현하고 있는 이진이는 남들보다 좀 더 불리한 조건에서 살아가고 있다. 한 살 때 화상을 입고, 여덟 살 때 두 번째 화상을 입었다. 그리고 태어날 때부터 한쪽 눈이 거의 보이지 않았다. 중학교 때는 계곡물에 빠져 죽을 뻔한 일이 있었는가 하면, 편두통 또한 응급실에 실려갈 정도로 심하다. 백 명 중 한 명의 부작용이 있다는 CT촬영 조형제 부작용에, 프로락틴 수치가 이유 없이 올라 2년째 약을 복용하고 있다.

그동안 그녀가 겪어온 상황들을 듣다 보면 한숨이 절로 나올 정도다. 그렇게 남들보다 훨씬 불리한 상황에서 힘겨운 인생의 마라톤을 시작했다. 그럼에도 밝고 건강한 생각과 마음으로 많은 이들에게 힘이 되어줄 수 있는 것은 바로, 그녀가 갖은 어려움을 극복하며 자신의 꿈을 이뤄냈기 때문이다. 자신의 불리한 조건에서 열정과 꿈을 발라냈기 때문이다. 결국 여러 어려운 상황을 스스로 이겨내고 있기에 우

세상에서 가장 중요한 것은 '뭔가 하고 싶다' 는 마음이다.

시간이 허락하는 동안 자신에게 많은 기회를 주라.
그것이 바로 자신의 미래가 될 수 있기 때문이다.
혹여 그 기회가 미래로 낙점되지 않더라도 실망할 일이 아니다.
좋아하는 일을 배우고 도전하는 가운데 그 가치는 충분하기 때문이다.

'입바른' 소리를 하는 것이 아니라 그녀 자신이 직접 힘겹게 그 통로를 겪어내고 일궈왔기에 그만큼 네티즌과 독자들의 공감을 불러오고 있는 것이다.

다양한 연령층 '공감대' 형성해 인기

2008년 발간한 책《하루 다이어리》는 그동안 겪었던 다양한 경험을 통해, 다른 이들에게 기쁨과 용기를 주는 내용으로 꾸몄다. 매년 제작했던 다이어리도 중단하고 심혈을 기울였던 터라 애착이 가고 그만큼

그림 속 하루의 모습은 옆집 친구나 누이 같은 느낌을 준다.
언제나 혼자가 아니라며 용기를 북돋워준다.

후회도 적다고 한다. 책은 몇 년이 지난 지금까지도 끊임없이 새로운 독자층을 만들어내며 사랑을 받고 있다. 자신의 '꿈' 앞에서 망설이고 좌절하는 이들에게 용기와 극복할 수 있는 내성을 주기 때문이다.

이진이는 홈페이지를 시작할 당시만 해도 별명이 '우울해'일 정도로 소심하고 어두웠다. 지금 가장 많이 듣는 말은 '그림이 많이 밝아졌다'는 얘기다. 당시 혼자 생활하면서 지칠 대로 지쳐 있었고 외로움도 많이 탔던 그녀는 결혼하고 남편과 함께 살면서 외로움도 없어지고 성격도 밝아졌다고 한다. 무엇보다 세상에 혼자 던져진 것 같은 두려움이 사라졌다. 요즘은 '너무 행복해' 보여선지 예전이 그립다는 팬들이 있을 정도라고 한다.

사실 하루 이진이는 지금의 남편을 만나기 전까진, 어떤 일이나 사

하루 이진이의 팬들은 초등학생에서 60대 이상에 이르기까지 다양하다.

람을 만나는 일에 있어서 문제가 생기는 것은 흉터 때문이라는 생각을 많이 했다. 사람을 만나 헤어지는 것에는 여러 이유가 있을 수 있는데, 그녀는 자신의 흉터로 인해 상처받는 것이 싫어 상대방을 넘겨 짚고 다그쳤던 것이다. 하지만, 주변에서 '네가 어때서?' 혹은 '너는 성공할 거야!'라는 격려를 해준 이들이 있어 자신감을 얻었다고 한다.

이진이의 하루 일기 팬들은 초등학생에서 60대 이상까지 다양하다. 그런데 정작 자신은 어떤 부분에서 독자나 네티즌이 공감하는 지 궁금할 때가 많다고 한다. 이제 홈페이지는 생활의 중심이 되었다. 매일 일러스트 일기를 쓰며, 틈틈이 좋은 말이나 아이디어가 떠오르면 곧장 컴퓨터 앞으로 달려간다. 그 때문에 컴퓨터는 항상 켜 있고, 책상엔 메모지가 가득하다. 작업하는 시간보다는 '어떤 생각을 어떻게 표현할까' 하는 일에 더 많은 시간이 소요된다.

우울 버전에서 밝은 캐릭터로 '진화'

팀 버튼 작품을 워낙 좋아하는 이진이는 팀 버튼의 책과 영화를 보면서 자신의 캐릭터도 비로소 방향을 잡을 수 있었다고 한다. 자취생활을 하던 시기엔, 캐릭터 회사에 다니면서 밝은 그림을 그렸음에도 불구하고 자신을 귀엽고 밝은 캐릭터로 표현하고 싶진 않았다고 한다. 물론, 지금은 캐릭터가 자신과 함께 변하고 나이를 먹고 자리를 잡아 자신의 모습에 가깝게 이미지화 되었지만 말이다.

이진이는 오전에 모든 일을 끝내고 커피 한 잔 하면서 컴퓨터 앞에 앉을 때가 가장 행복하다고 한다. 몸이 안 좋을 때가 잦기 때문에 이러한 시간이 자신의 일상에서 얼마나 소중한지를 잘 알고 있다. 그리고 뭔가 만들고 배우는 것을 좋아해 케이크, 비즈액세서리, 이태리 요리, 북아트 등 이런 저런 것들을 배우러 다니기에 바쁘다. 뭔가 하나에 빠지면 정신을 못 차리는 편인데, 그럴 때마다 살아 있음에 대한 행복을 절감한다.

그녀가 책을 쓰거나 홈페이지를 운영하면서 젊은 친구들에게 이메일로 가장 많이 받는 질문이 하나 있다. '열심히 살고 싶은데, 내가 뭘 좋아하는지조차 모르겠어요.' 이진이는 그럴 때마다 이렇게 말한다. 자신 역시 만화가 재미 있다 보니 만화를 따라 그리기 시작했고, 그러다 보니 미대에 간 것이라고. 처음부터 화가가 되거나 미대에 가기 위해 그림을 그린 것은 아니다. 그러나 언제나 하고 싶은 것이 있으면 직접 배워보고, 도전해 봐야 한다는 게 이진이의 지론이다. 그 지론은 바로 지금의 '하루 다이어리'를 탄생하게 만든 원동력이기도 하다.

'시간이 허락하는 동안 자신에게 되도록 수많은 기회를 주라. 자신에게 많은 가능성과 기회를 열어두고 도전해 보라. 그것이 바로 자신의 미래가 될 수 있기 때문이다. 혹여 자신에게 수없이 기회를 준 것이 미래로 낙점되지 않더라도 그것은 실망할 일이 아니다. 자신이 좋아하는 일을 배우고 도전하는 가운데 충분하기 때문이다.'

팬들과 함께 나이 먹는 것이 '꿈'

하루 이진이의 일러스트는 대단한 철학이나 이슈가 담겨 있는 것은 아니다. 잔잔한 생활 속에서 우리가 미처 깨닫지 못하다가도 문득 부딪히거나 한 번쯤 생각해 본 이야기들이다. 어쩌면 그래서 독자들은 더욱 공감하고, 그녀의 섬세함에 매력을 느낀다. 조금은 불리한 조건에서 살아온 듯하지만, 이진이가 일궈낸 것은 그야말로 '기적' 그 이상이다. 삶의 생생한 경험과 극복기가 있었기에 사람들이 좋아하고 기대는 이유가 아닐까.

그리고 남편은 과거와 현재에 항상 그래왔듯, 이진이의 영원한 정

이진이는 틈틈이 좋은 말이나 아이디어가 떠오르면 곧장 컴퓨터 앞으로 달려간다.

신적인 후원자다. 간혹, 남편 어깨에 날개가 숨어 있는 것이 아닐까 싶을 정도로 천사같이 착하다고 한다. 무조건 자신의 편이 되어주는 유일한 사람. 다시 태어나도 먼저 찾아가서 '또 결혼하자' 하고 싶은 사람이라고 말할 정도로 남편에 대한 애정을 과시한다.

그리고 또 다른 정신적인 후원자는 홈페이지를 방문하고, 안부를 묻고, 자신의 작품과 소통하는 이들이다. 대부분 얼굴을 본 적은 없지만, 한결같이 방문해 주는 그들이 있어 같이 나이 먹는 느낌이 든다고 한다. 얼굴만 모르지 마음으로 의지가 되는 것 역시 바로 팬들의 힘이 있어 가능했다. 사람들은 그녀의 '평범함 속의 편안함'을 읽어내고 찾는다. 그림 속 하루의 모습은 옆집 친구나 함께 사는 누이 같은 느낌을 준다. 그리고 중요한 것은 혼자가 아니라는 용기와 힘을 주기에 더욱 많은 독자층을 형성한다는 사실이다.

책 작업에 온통 빠져 살다가 책이 끝나자마자 건강이 안 좋아져서 병원 출입을 해야 했던 그녀는 몸이 약한 만큼, 건강을 최우선 순위로 두며 살아간다. 그리고 올 하반기에도 그녀의 따끈따끈한 다이어리를 손에 넣을 수 있을 것 같다.

'어제와 똑같은 오늘 같지만 사실 어제와 완벽하게 똑같은 날은 죽을 때까지 단 하루도 없다'고 말하는 이진이. 아무리 작은 변화라고 해도 오늘은 어제와 다르고 내일은 또 다른 하루라며, '오늘'이라는 시간, '지금'이라는 시간은 평생에 단 한 번뿐인 순간이기 때문에 언제나 처음 맞는 것처럼 설레는 맘으로 생활하기를 바란다고 전한다.

그리고 그녀에게 또 하나의 작은 꿈이 하나 있다. 언젠가는 카페를 오픈해 그곳에서 팬들과 만나 차를 마시고 수다도 떨며 함께 나이 먹는 것이다. 커피와 책, 따뜻한 만남이 있는 곳에서 언제든 서로의 마음을 무한 리필하며 다시 만날 날을 기대해 봐도 좋을 것 같다.

07

화려한 언어 유희의 마술사,
메가쑈킹 만화가
고필헌

고필헌 _
만화가, 게스트하우스 '쫄깃센타' 운영
jjolkit.com

"꽃피는 봄이 오니 메가톤급 외로움이 텍사스 소떼처럼 밀려오는구나."
메가쇼킹의 만화는 생활의 향기가 진득하게 배어 있어
도무지 남 얘기 같지 않은 내용이 수두룩하다.

"'발로 그린'이란 표현은 발로 직접 찾아다니며 열심히 그렸다는 뜻인데,
살짝 건방진 이미지가 되어버렸어요."

"그렇게 말한다면 그건 경기도 오산이오, 니가 겁을 일시불로 상실했구나, 이거 당장 놓지 말아도 되어요, 징그럽지만 견딜 수 있을 것 같아요, 부끄럽기 중랑구 면목 없다, 조급하기 서울역에 그지없다, 이 방대한 스케일의 카드 값은 뭘까? 네 녀석의 이야기가 옴팡지게 기대되는 걸, 내 몸에 1g도 손대지맛, 겁 많은 우리 자기 간 추락하겠네……."《탐구생활》《애욕전선 이상없다》의 만화가, 재기 발랄한 '울트라' 메가쑈킹 고필헌이 남긴 어록들이다.

비어가는 통장 잔고가 내 만화의 원천

"177 센치멘타에 64근의 몸매를 가진 37년 묵은 애욕 만화가. 가수로서 보아를 좋아하며 요즘은 1950년대 흑백 영화와 B급 호러 영화 그리고 60~70년대 올드팝을 옆구리에 끼고 산다. 장래의 꿈은 부패한 도시를 파괴하는 괴수가 나오는 구닥다리 호러 SF 영화를 만드는 것이다. 므하하핫!!!" - 메가쑈킹의 블로그 프로필 중에서

개인적으론 그가 《씨네 21》에 연재하던 퀴즈 만화는 항상 어려웠다. 예를 들어 '에헤라디야~ 제비 몰러 나간다앙! 얼쑤 지화자! 이런 젠장찌개! 오밤중에 왜 민요를 틀어주는 거야! 공부에 집중이 되지 않아 괴로워!'라는 내용의 만화를 보고 〈미녀는 괴로워〉를 연상하기란 쉽지 않았는데, 그럼에도 불구하고 그의 '염통을 쫄깃하게 만드는 대

사발'에 맞추지도 못하면서 꼬박 꼬박 챙겨보곤 했다. 메가쑈킹 하면, 예를 들어 '아!' 같은 감탄사를 '지쟈스!'로 바꾼 것 같은 화려한 대사를 빼놓을 수 없다. '이런 덜 우려낸 멸치 같은 게 감히 내 딸을 만져?' 같은 감칠맛 나는 대사에 네티즌은 열광했고, '메가쑈킹 명대사 70선'이란 제목의 어록 모음집이 아직도 인터넷에 돌아다닐 정도로 인기를 끌고 있다. 메가쑈킹이란 예명은 '당신의 만화는 메가쑈킹하다'는 얘기를 들은 뒤 그 말이 맘에 쏙 들어 사용하기 시작했단다. 인터뷰를 할 때마다 매번 받는 질문이겠지만, 그래도 그 언어 유희의 원천이 궁금했다.

"인터넷에 돌고 있는 어록들은 아마 제가 죽을 때까지 쫓아다닐 거예요. 만화를 그릴 때 항상 대사 치는 것을 마지막에 하는데, 마감이 다가오고 시간에 쫓기면 나옵니다. 솔직히 별로 신경을 안 쓰는 편이에요. 그러다 진짜 대사가 안 나오면 비어가는 통장 잔고를 확인하죠. 만화가이기 앞서 먹고 살아야 하는 생활인이니까요."

그러니까 '꽃피는 봄이 오니 메가톤급 외로움이 텍사스 소떼처럼 밀려오는구나' 같은 대사는 철저히 만화용 멘트인 셈. 당연히 평소엔 그런 화법은 쓰지 않는다. 그의 말마따나 '평소에도 그러면 실성한 사람이게?'

"실제로 만나니 과묵하고 조용하고 얌전하신 것 같다"고 했더니 "처음엔 조용하지만 말문이 트이면 점점 실성해 가는 스타일"이라고 했다. 그는 어릴 때 자신과 대화하는 사람은 무조건 웃겨야 한다는 이상한(?) 강박 관념이 있었단다. 중고등학교 때는 선생님이 들어오기 전에 앞에 나가 한바탕 개그를 하곤 했다고. 사실 그는 만화에서 보는 것처럼 엽기 발랄하다기보다는 '바른 생활' 사나이에 가까워 보였다.

"쓸데없는 데 까다로운 성격이에요. 방은 더러워도 책상 위는 깨끗해야 하는 스타일이죠. 예를 들어 만화가 곽백수는 책상 위가 임진왜란이지만, 저는 그런 꼴을 못 봐요. 책상 위에는 종이와 펜만 가지런하게 놓여 있어야 마음이 편안해져요."

일은 웬만하면 월요일부터 목요일까지 열심히 하고, 금요일부터 일요일까지는 쉬는 편이다. 일에 치이지 않기 위해. 또한 그는 자리 잡고 앉으면 무조건 열심히 하는 스타일이란다. 창작의 고통도 버릇이 되면 자동으로 하게 되는 그런. 따라서 만화에 등장하는 상황들은 20% 정도만 경험담이고 나머지는 '구라'라고 했다. "저는 이야기꾼은 아니고 그냥 잔머리가 발달한 것 같아요."

요리사가 될 뻔한 만화가

달력 뒷장에 그림을 그려 어른들의 칭찬을 듣곤 하던 그는 아주 어렸을 때부터 만화가가 되기로 작정했다. 대학에 가지 않고 바로 만화가가 되려 했으나 대한민국 남자라면 4년제 대학을 나와야 한다는 아버지의 말씀에 굴복, 이왕 가는 대학 여자가 많은 학과에 가자는 심산으로 식품영양학과를 선택했다. 30명 정원에 29명이 여자였다. 조리사 자격증을 딴 그는 군대에서는 취사병으로 복무했고, 제대 후에는 놀이공원 식당에서 일했다. 그렇게 1년, 2년이 가다 보니 계속 딴 길로만 가는 것 같은 불안감에, 모두 그만두고 만화가로 데뷔한 것이 30세 때의 일이다. "인터넷이 아니었다면 아마 만화가가 되기 어려웠을 것"이라는 그의 말처럼 강풀, 양영순 등과 함께 웹툰 1세대로 꼽힌다. 처음 주목을 끈 것도 〈디시인사이드〉에 올린 《감격 브라다쓰》를 통해서였다. 네티즌은 곧 그의 쫄깃한 언어 유희에 만세를 불렀고, 한 스포츠 신문사에서 만화 연재 러브콜을 보냈다. 그것이 바로 19세 이하 판매 금지 만화로는 처음으로 '오늘의 우리 만화상'을 수상한 《애욕전선 이상없다》의 시작이었다.

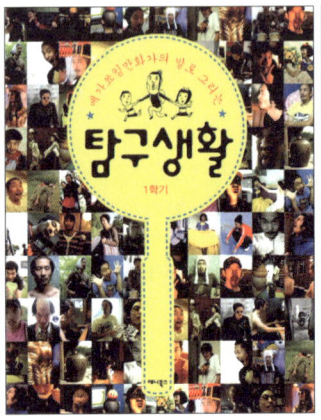

메가쇼킹이 그린 만화들.

연재를 하다 보면 마감의 압박이 상당할 터. "사실 만화 그리는 일이 힘들고 싫기도 해요. 연재 등에 대한 책임감에서 오는 압박도 심하고. 다만 마감이 끝나면 그런 생각이 온데간데없이 사라져버리고 개운한 느낌만 남으니, 천상 만화를 그려야겠다 싶어요."

직업인으로서의 만화가는 무조건 '좋아서 만화를 그린다'라고는 말하기 어려울 것이다. 그래서인지 메가쑈킹의 만화는 생활의 '향기' 역시 진득하게 배어 있어 도무지 남 얘기 같지 않은 내용이 수두룩하다. 특히 《메가쑈킹 만화가의 발로 그리는 탐구 생활》에 자신의 경험담을 발랄하게 풀어냈다. 쌀과 벌꿀, 친환경 세제, 마루용 물걸레 등을 잔뜩 담아둔 위시 리스트 관리가 취미요, 남자의 셔츠 속에 젖꼭지가 보이는 것이 부끄러워 선뜻 친해지지 못하는 소심한 30대 남자가 그러하다.

"원래 '발로 그린'이란 표현은 발로 직접 찾아다니며 열심히 그렸다는 뜻인데, 제 이미지 때문인지 살짝 건방진 이미지가 되어버렸어요."

앞으로도 쭈욱~, 계속 만화를 그릴 것이지만 무작정 개그 만화보다는 뭔가 교훈을 줄 수 있는 일종의 '교양 개그' 만화를 그리고 싶다는 '짧지만 매콤한 메가쑈킹 만화가'의 대표작들을 정리해 보면 다음과 같다. 웹진 〈카툰피(cartoonp)〉에 연재한 일일 만화 《쾌변만화 알타리써비스》, 아방가르드 포스트 샤머니즘 형제 액션 코미디 《감격 브라다쓰》, Z등급 변태 에로 개그 만화 《애욕전선 이상없다》, 아스트랄

격정 헤비급 개그 만화《라스베가스 디스코 익스프레스》, 초절정 리얼 궁상 생활 만화《탐구생활》등등.

자기계발서를 탐독하는 생활형 만화가

이런 저런 얘기를 나누다 그의 집에는 텔레비전이 없다는 사실을 알게 되었다. "집 안에 텔레비전이 있는 것보다는 책장 있는 게 더 좋더라고요. 무슨 책을 읽냐고요? 주로 자기계발서를 읽어요." 의외다!

"《아침형 인간》을 읽고는 시도해 본 적도 있어요. 며칠 하다가 말았지만. 자기계발서가 얼마나 재미있는데요. 저는 그걸 읽으며 빠져들기보다는 사람이 어떻게 이렇게 살아? 하면서 살짝 씹기도 하고, 이 글을 쓰는 사람은 얼마나 많이 노력했을까 하는 그런 마음으로 열심히 읽어요. 최근에는 《아무것도 못 버리는 사람》을 재미있게 읽었죠."

텔레비전에 이어 휴대폰을 없애볼까 했지만, 일이 안 들어올까봐 없애지 못했다. 그러나 앞으로의 목표 중 하나가 휴대폰 없애기라고.

그는 소문난 자전거 마니아다. 본래 운동의 'ㅇ'만 나와도 경기를 일으켰지만, 이제는 하루라도 자전거를 타지 않으면 몸에 가시가 돋을 정도라고. 자전거를 타고 여행을 해보니 우리나라가 이렇게 아름다운데 대운하가 생기면 정말로 안 되겠더란 생각도 들었단다. 그에게는 간단한 외출을 할 때 쓰는 자전거와 장거리용, 장을 볼 때 사용하는 것 등 용도별로 네 대의 자전거가 있는데, 인터뷰를 위해 헤이리 '딸기가 좋아' 앞마당 수박 군 옆에서 만났을 땐 멋쟁이 삼각 자전거 스트라이다를 타고 나타났다. 그는 친환경주의자는 아니지만 환경에 관심을 갖는 것은 너무나 당연하다고 여기는 '청정 무구'한 생활인이자 만화가였던 것이다.

그리고 그는 현재 제주도에서 일곱 명의 쫄깃 패밀리들과 함께 한 땀 한 땀 직접 만든 게스트하우스 쫄깃센터를 운영하며 색다른 문화 아지트를 꿈꾸고 있다.

08

우물을 몇 개씩 파는 사람,
무규칙이종예술가
김형태

김형태 _
화가, '황신혜밴드' 리더, 카운슬러
thegim.com

미술과 음악 외에도 하고 싶은 일이 많았던 만큼 고생도 남부럽지 않게 했다.
어떤 일을 하겠다는 결심은 길고 긴 도전이 시작되는 것을 의미한다.
그리고 무조건 최선을 다한다.

"예술가가 된다는 것은 사회의 어떤 부분을 책임지고자 하는 자청이라고 할 수 있어요. 예술을 통해 세상을 아름답게 만들려는 거니까."

김형태는 개인전을 여러 차례 가진 화가이자, '황신혜밴드'의 리더이면서, 칼럼니스트, 《곰 아줌마 이야기》《너 외롭구나》라는 카운슬링 책을 출간한 작가이기도 하다. 또 1999년 김아라가 연출한 연극 〈햄릿 프로젝트〉에서 햄릿 역을 맡아 열연한 뒤 바로 제36회 백상예술대상 '연극 부문 남자 배우 인기상'을 수상한 연극인이기도 하다. 김형태는 이러한 일들을 하는 자신을 일컬어 스스로 '무규칙이종예술가'라 칭한다.

전방위 '무규칙이종예술가'

"김형태는 자신을 무규칙이종예술가라고 자처한다. 아마도 무규칙이종격투기에서 유래된 해학적 표현이 아닐까 사료되지만, 따지고 보면 김형태의 예술적 재능을 대변하기에는 그만큼 적절한 표현도 없을 거라는 생각이 든다. 무규칙이종격투기에서 두각을 나타내려면 다양한 격투기 종목의 기술들을 구사할 수 있어야 한다. 세상에는 얼마나 많은 실력자들이 숨어 있는가. 고작 한두 가지 종목의 기술만으로는 채 일 분도 버티지 못하고 피범벅이 되어 매트 위에 뻗어버릴 가능성이 농후하다. 무규칙이종예술도 마찬가지다. 한 가지 장르만으로는 명함조차 내밀지 못한다. 그러나 칼국수를 제대로 끓일 줄 아는 자라면 어찌 수제비인들 끓일 줄 모르겠는가. 당연히 무규칙이종예술가라면 김형태처럼 음악이면 음악, 미술이면 미술, 연극이면 연극, 문학이면 문학, 어떤 장르에서도 발군의 기량을 나타내 보일 수 있어야 한다. (중략)" − 〈김형태에 대해서 나에게 묻지 말라〉, 이외수

　김형태는 실제로도 프라이드와 UFC 격투기 선수 반더레이 실바의 광팬이기도 하다. 그를 기념하는 전자 기타를 만들었을 정도다. 무규칙이종예술가는 무규칙의 이종격투기처럼 '서로 다른 장르를 존중하되 명예와 권력을 지향하는 규칙은 거부한다'는 취지를 갖고 있다.
　"이종격투기는 제가 살아가는 방식과 맞는 것이 많아요. 이종격투기의 반대말은 동종격투기예요. 세상의 모든 실력 겨루기는 대부분 동종이죠. 예를 들어 태권도는 태권도끼리 싸우고, 미술계는 미술계 안에서 실력을 겨루고. 근데 제아무리 운동을 잘해도 국민 건강을 위해 맨손체조라도 가르쳐주어야 실질적인 도움이 되는 거잖아요. 대부분의 예술가들은 예술계 안에서만 인정받으려고 하지, 세상 사람들에게 일대일로 맞닥뜨려 도움을 주고자 노력하는 경우는 별로 없어요. 그래서 저는 다양한 기술로 세상에 맞붙는 실전형 예술가인 무규칙이종예술가, 여러 가지 일을 하는 사람, 기존 상식을 깨는 사람이 되기로 했어요. 옛날에는 한 우물을 파야 성공하고 열 재주 가진 사람이 굶어 죽는다고 했잖아요? 그렇지만 저는 우물을 몇 개씩 파도 안 굶어 죽는다는 것을 보여주는 사람이에요…… 흐흐흐."

'하면 된다'를 믿는 무서운 사람

화가이자 밴드 리더, 칼럼니스트, 카운슬러라는 우물을 동시에 팔 수 있는 비결이 궁금했다. 원래 그렇게 능력이 많아서? 그는 '노력'이라고 답했다. 평범한 대답이라 생각하겠지만, 그의 말에 따르자면 실은 그것이야말로 정답 중의 정답이다. 그는 정말로 '하면 된다'를 믿는 '무서운' 사람이었다. 사람들이 그에 대해 갖는 오해는 넉넉한 집안에서 태어나 이것저것 많이 해본, 모든 재능을 타고난 사람일 것이라고 짐작해 버리는 것이다. 그러나 화가가 되고 싶었던 그는 혹독한 재수 끝에 미대에 진학할 수 있었고 음악은 독학으로 익혔단다.

"부모님의 형편이 미술 학원을 보내줄 만큼 넉넉하지 않았기 때문에 미대 가는 것도 반대하셨지만, 저는 두 달만 보내달라고 졸랐지요. 두 달 안에 미술학원에서 수강료를 면제받는 장학생이 되면 되겠다는 생각이었어요. 실제로 그렇게 됐고요. 그러나 아무리 뛰어난 재능을 가졌다 해도, 두 달 안에 그렇게 인정 받는 것은 쉬운 일이 아닙니다. 재능도 있어야겠지만 성실한 자세를 겸비해야 가능한 일이에요. 저는 돈이 없었기 때문에 노력과 지혜가 더욱 더 필요했죠."

미술과 음악 외에도 하고 싶은 일이 많았던 만큼, 고생도 남부럽지 않게 했다. 하루에 한 끼(그것도 대부분 라면)만 겨우 먹는 생활을 7년간이나 했기 때문에 스물여덟에 결혼하기 전까지 체중이 50kg을 넘어본 적이 없었다고 한다.

"저는 특별한 사람이 아니에요. 그러나 보통 사람들과 다른 점이 있다면 '하면 된다'를 믿는다는 거예요. 사람들은 '하면 된다'는 걸 잘 믿지 않아요. 예를 들어 정수기 판매원이 하루에 두 시간씩 투자해서 그림을 그린다고 칩시다. 그리곤 얼마 지나지 않아 다시 생각하죠. 내가 그림을 그려서 뭐 하지? 그래도 될까? 그림 그려서 뭐 할 거냐고, 나는 타고난 재능도 없는데…… 그런 식으로 수만 가지 할 수 없는 이유를 붙여요. 그런데 말이에요. 하루 한두 시간씩 5년만 투자하면 전문가 수준이 될 수 있어요. 그래도 그걸 안 하거든요. 저는 단지 시간을 들여 노력하면 된다는 것을 알고 있는 것뿐이죠."

그가 서른한 살 되던 해에 '황신혜밴드'를 결성하고 〈짬뽕〉이라는 아주 희한한 노래를 들고 나왔을 때, 사람들은 한바탕 해프닝 정도로

카운슬링 책 《너, 외롭구나》(왼쪽), 공연 중인 김형태(오른쪽).

여겨지만 실은, 15년 동안 포기하지 않은 김형태의 집요한 꿈이 이루어지는 순간이었음을 아무도 눈치채지 못했다. 록 밴드는 10대 때부터 꿈이었다고 한다. 사실 그는 음치였었다(엄청난 노력으로 밴드를 결성할 즈음에는 교정했다!). 그럼에도 불구하고 '나이 서른에 음반을 내겠다'는 목표를 세우고 난 이후부터 단 한 번도 밴드의 꿈을 포기하지 않았다. 김형태에게 어떤 일을 하겠다는 결심은 길고 긴 도전이 시작되는 것을 의미한다. 그리고 무조건 최선을 다한다. '하면 된다'를 믿는 사람에게 찾아오는 지독한 우연인지는 몰라도 2000년엔 실제로 영화 〈하면 된다〉 O.S.T 작업에 참여하기도 했다.

카운슬러가 된 예술가

그는 예술가로서, 20대와 30대를 이미 한 바퀴 돌아본 선배로서 사회적인 책임을 느끼는 듯했다. 음악을 하다 보니 20대를 많이 만나게 되는데, 이 세상은 그들을 진심으로 염려하기보다는 세뇌시키고 소비하려고만 드는 것에 대해 위기 의식을 가진 것이다.

"예술가가 된다는 것은 사회의 어떤 부분을 책임지고자 하는 자청이라 할 수 있어요. 예술을 통해 세상을 아름답게 만들려는 거니까. 이 세상이 잘못된 것은 제 책임이 아니지만 제가 책임져야 하는 부분이란 게 있어요. 둑을 막아 나라를 구한 네덜란드 소년 있죠? 소년이 구멍을 뚫은 것은 아니었지만, 그 소년이 처음으로 발견했기 때문에 막은 거잖아요. 그런 것처럼 문제점을 처음 발견한 사람이 막아야 하는 거 아닌가요? 40대가 되니, 방황하는 20대에게 카운슬링과 도움이 필요하다는 사실을 볼 수 있게 된 거죠. 그래서 이제는 제가 직접 그둑을 막으려는 거예요." 네덜란드 소년처럼 팔을 걷고 나선 김형태가 제일 싫어하는 것은 옆에 와서 두 손으로 막으면 좋겠다거나 자세가 안 좋다며 참견만 하는 사람들이라고 한다.

김형태가 카운슬러를 자처하고 나설 수 있었던 '용기'는 대단한 진리를 깨달아서 삶의 비법을 알려줄 수 있었기 때문이 아니다. 그저 그가 보낸 20대와 지금의 20대가 다르지 않다는 것, 그래서 해답을 주는 것이 아니라 20대가 해야 하는 고민과 방황해야 할 것 등을 알려줄 뿐이다. 그의 상담이란 이런 식이다. 자신의 진로를 고민하는 대학생에게 인생 길게 보라고 조언한다.

"요즘 젊은이들은 시간 개념이 2년 정도도 안 되는 것 같습니다. 인생 80년입니다. 그중에 대학 4년 다니는 게 뭐 그리 힘듭니까. 나 원 참. 거기서 무슨 피 터지는 경쟁이 있다고 벌써 눈물이 나고 답답해진답니까. 세상에 나와 보세요. 정말 눈물 쏙 빠지는 일이 어떤 건지 뼈저리게, 대학 졸업 후에 좋건 싫건 죽는 날까지 경험할 겁니다."

틀에 박힌 예의 바른 조언 대신 냉정하고 직설적인 말투로 신랄하게 지적질을 해대는데, 답이 되지 못하는 추상적인 조언 혹은 그저 그런 위로나 하는 상담은 필요 없다고 보기 때문이다.

"제가 그 애들의 비위를 맞출 필요는 없잖아요. 카운슬링 해줄게, 질문해 봐라. 그래서 질문하면 답해주는 거니까요. 제 카운슬링의 힘은 눈치를 보지 않는 거예요. 울고 싶을 때 뺨 때려주는 식이죠. 야단도 적당히 쳐주지 않으면, 애정 결핍이 생겨서 더 못되게 굴고 '싸가지'도 없어집니다. 애정과 관심이 있어야 야단도 치는 거 아니겠어요? 그런데도 어른이라는 사람들은 야단을 안 치는 게 새로운 교육인 줄 알고 오히려 20대의 비위를 맞춰요. 요즘 20대들은 일종의 애정 결핍이 있어요. 애정을 많이 받고 자란 것 같지만 진심 어린 애정은 한 번도 못 받은 거죠."

그의 이런 '야단치는' 카운슬링에 20대들은 '호통쳐줘서 고맙다', '나도 야단쳐달라'며 열광한다. 그만큼 20대가 힘들고 외롭다는 증거이기도 하다.

2004년에는 웹사이트에서 나눈 상담 중 취업 및 진로와 관련된 50가지 사례를 엮어 《너, 외롭구나》를 내기도 했다. 사람들은 세대 차를 말하지만 정작 철저하게 소외된 부류인, 사상 초유의 실업난을 겪고 있는 새파란 청춘들, 직업만 없는 것이 아니라 '싸가지'도 없고, 희망도 없고, 미래도 희박한 이들 청춘이 답답한 현실 속에서 때로 길을 묻고 싶은 선배 하나가 필요하다고 여겨질 때 요긴한 책이 되길 희망하는 마음에서 썼다고 한다. 이 책은 2004년 8월 출간 이후 지금까지도 꾸준히 판매되어 현재 7만 부를 넘어섰다. 그만큼 필요로 하는 청

춘들이 여전히 많다는 뜻이기도 하다. 또한 2008년부터는 독자들을 위해 '김형태 크리에이티브 아카데미(The Gim's Creative Academy)'라는 강좌를 열어 창의적인 인생 개척을 위한 멘토 역할을 하고 있다.

"그동안 카운슬링을 통해서 제가 해줄 수 있는 말은 다 했습니다. 그 다음엔 20대들이 나를 변화시켜야겠다며 문을 열고 밖으로 나갈 차례인데, 막상 나가면 아무것도 없어요. 그래서 그들에게 도움을 줄 수 있는 프로그램을 만들어보고자 시작했습니다. 제가 바라는 것은 20대가 자생적인 문화를 만들어나가는 겁니다. 저는 힌트만 줄 뿐이죠."

청춘을 대상으로 하는 카운슬링은 김형태의 본업 아닌 본업이지만,

그는 여전히 변함없는 '황신혜밴드'의 리더이자 화가이기도 하다. 앞으로의 계획? "그냥 열심히 사는 거죠."

그가 웹사이트에 써놓은 글이다.
"나는 열심히, 누군가에게 동경의 대상이 되도록 노력하며 살기로 했다. 존경은 부담스럽고~"

09

규칙도 두려움도 없이,
라이프스타일 전문 기자
이여영

이여영 _
프리랜스 기자, 막걸리 전문점 '월향' 대표
blog.daum.net/yiyoyong

잘 먹고, 잘 마시고, 잘 놀고, 잘 일하기 위해서는
사회와 정치에 눈감아서는 안 된다는 깨달음을 얻었다.
그리고 이제 뉴스의 취사 선택과 취재 · 기술 방식을 획기적으로 바꾼
기자가 되겠다는 야무진 꿈을 꾸고 있다.

"기성 언론사에서 쫓겨나고서도 저널리스트로서의 꿈을 접은 적이 없어요.
아니, 오히려 더 강렬해져 언론의 영역을 좀 더 넓게 생각하기로 했어요."

이여영 기자의 블로그(blog.daum.net/yiyoyong)를 알게 된 것은 (온라인의 세계에서는 늘상 있는) '우연'이었다. 자료를 찾기 위해 검색하다 우연히 《미디어 오늘》에서 연재하고 있는 '이여영의 사람 찾기'라는 코너를 읽게 되었고, 링크를 따라 그녀의 블로그까지 눌러 가게 되었다.

촛불 필화 사건의 주인공

'세상 모든 삶의 방식과 유행을 전한다'는 이여영의 블로그에서 눈에 띈 콘텐츠는 라이프스타일 리포트와 맛집, 와인 · 막걸리 정보였다. 포털 사이트에서 검색해 보면 흔한 게 생활 문화와 맛집 정보인 것 같지만, 막상 찾으려면 제대로 된 정보를 만나기가 어렵다. 요즘엔 전문 기자 뺨치는 블로거도 많긴 하지만, 이여영은 정보를 다루는 솜씨가 일반 '블로그 활동'과는 좀 다르다 싶었던 것. 블로그용으로 '사진발'과 세팅에 공들이기보다는 백화점에서 사온 갖가지 음식을 신문지 위에 턱 올려놓고 먹는 털털함도 마음에 들었다. 한여름에 와인과 피자를 싸들고 집 앞 공원으로 피크닉을 갈 만큼 여유롭게 즐길 줄도 알고, 막걸리 카테고리를 따로 만든 것을 보니 막걸리도 무척 좋아하는구나 싶었다. 갈수록 블로그 주인이 궁금해지기 시작했다. 처음엔 촛불 정국 당시 인터넷을 달군 화제의 주인공이라는 사실을 몰랐는데, 이제 서른을 넘긴 이여영은 《헤럴드미디어》 《중앙일보》 기자 출신이었다. 《중앙일보》 시절 라이프스타일과 트렌드 전문 기자로 활동하면서 인터넷의 변화무쌍한 관심사와 잡지의 다채로운 기획을 전통적인 신문에 접목시키려 했으며 〈J-스타일〉 지면은 그 실험의 결정판이었다.

그러나 2008년 8월 촛불 집회를 둘러싼 소속 언론사의 보도 방향을 두고 '중앙일보가 기록하지 않는 것들에 대해'라는 항의성 글을 올렸고, 그로 인해 회사를 떠나야만 했다. 아니, 잘렸다고 해야 할 것 같다. '20년 후 어느 날 잠에서 깨 머리를 부여잡고 지독하게 후회할 일을 만들지 않기 위해' 한 일이었고 어느 정도 각오를 하고 있었지만, 분명 직장생활에 열중하고 있던 20대가 감당하기에는 버거웠을 시련의 시간이었다. 5년여의 직장생활과 이별해야 했지만, 그로 인해 더욱 성장한 이여영은 프리랜스 기자로 당당하게 독립해 각종 매체에 글을 쓰고 있으며 KBS 〈책 읽는 밤〉의 패널, 자신의 이름을 내건 KBS 인터넷 프로그램 〈이여영의 아지트〉 진행자로서 열심히 활동해 왔다.

이여영이 처음부터 정치적 선동이나 투쟁에 관심이 있었던 것은 아니었다. 다른 사람들처럼 잘 먹고 잘 사는 법에 더 관심이 많았으며, 한국에서 직장 생활을 하는 사람이라면 누구나 그렇듯 직장 문화에 실망하면서도 그곳에서 성공하려고 애쓰던 20대 직장인이었다. 그러나 그 사건을 겪으며 잘 먹고, 잘 마시고, 잘 놀고, 잘 일하기 위해서는 사회와 정치에 눈감아서는 안 된다는 깨달음을 얻었다. 그 후 이여영 자신이 학교를 졸업하고 한 명의 책임감 있는 사회인으로 성장하기까지 사회생활 초반부에 치렀던 혹독한 수업에 관한 내용을 담은 《규칙도, 두려움도 없이》라는 책을 내기도 했다.

규칙도, 두려움도 없이 나아갈 것

"원래 자기계발서 읽는 것을 좋아했어요. 고등학교 때는 공부하는 시간보다 '공부하는 법'에 관한 책을 읽는 시간이 더 많았을 정도였으니까요. 그렇게 자기계발서에 빠져 10년을 지냈더니 그런 책들은 패턴이 다 똑같은 거예요. 실제로 도움도 안 되고 현실성도 없고. 그래서 20대 여성에게 진정성 있는 도움말을 해준다면 앞으로 그들이 겪을 시행착오를 조금이나마 줄일 수 있지 않을까 싶었어요."

20대는 실수하고 배우는 시기임에도 사회는 그런 모든 시행착오를 너그럽게 받아들여주지 않는다. 혼자 알기 아까운 사회생활의 처신술을 담은 이 책은 '20대 여자와 사회생활의 모든 것!'이라는 부제가 말해주듯, 20대 여성이 사회생활을 하면서 반드시 유념해야 할 것들을 다뤘다. 그래서 그녀는 마치 여동생에게 얘기해 주듯 회사 갈 때는 어떤 구두와 옷을 입어야 하는지, 회사에서 중요한 일은 꼭 문서로 남기고 자신 없는 일은 말로 때우는 것이 좋으며, 사표를 낼 때는 어떻게 해야 하는지, 회식에서 사장님에게 잘 보이고 싶으면 오른쪽 대각선 쪽에 앉으라는 등 세세한 조언을 아끼지 않았다. 그래서인지 주요 독자인 20대 여성의 만족도가 높은 편이다.

　물론 이여영도 처음부터 사회생활을 여우같이 잘했을 리 만무하다. 그녀의 사회생활 입문 역시 어느 20대처럼 녹록지 않았다. 서울대를 나왔고, 슈퍼모델 출신이라는 '부러운' 배경 이면에는 수백 장의 자기소개서를 쓰고 백 번이 넘는 면접 탈락을 겪은 끝에 간신히 기자가 된 사연이 있었다. 학교에서 절대 가르쳐준 적 없는 사회생활 생존전략을 스스로 익히며 헤쳐나가야 했던 직장생활은 험난하기 짝이 없었다.

　"제가 눈치가 없어서 사장님이 기사 잘 봤다고 칭찬하면 무슨 기사냐고 따라가서 물어보고, 밥 한번 먹자고 지나가는 말로 얘기하면 언제 먹냐고 되묻곤 했어요."

　그때는 예쁘게 보이면 사회생활 잘 하는 것인 줄 알았던 철부지 시절이었다. 옷차림만으로 자신이 가진 능력과 열정을 평가절하당하거나, 선배로부터 황당한 모욕을 받고도 참고 웃어야 했고, 실력이나 노력보다는 그저 여자들의 소집단 취급을 당했던 어이없는 상황도 겪어야 했다. 그것도 지성인 집단이라 불리는 언론사에서 말이다. 그래서 더 분개할 수밖에 없었다. 이여영이 겪은 일들은 사회생활을 하는 여성들이라면 한 번쯤 경험했을 만한, 절대 공감 가는 얘기들이다. 이여영은 이런 상황을 겪는 20대 여성이 더 이상 없기를 바랐다. 그래서 규칙도, 두려움도 없이, 바로 거기서 시작되길 바라는 마음을 고스란히 책에 담아냈다.

미래형 언론의 영역으로

프리랜스 기자들이 정치 · 경제 · 문화 전 분야에서 영향력을 발휘하는 외국과 달리 국내에서는 특정 언론사에 소속되지 않은 프리랜스 기자가 전문 기자로 인정받으며 자리잡기가 쉽지 않다. 명함 한 장이 많은 것을 말해 주는 영향력 있는 신문사 기자였다가 혼자서 동분서주해야 하는 지금, 힘들지 않냐고 물었다.

"우리나라에서 프리랜스 기자는 전문가라기보다는 아르바이트 취급을 받기 쉬워요. 예전에는 《중앙일보》 이여영 기자라는 타이틀로 저를 쉽게 설명할 수 있었는데, 지금은 제가 누구인지를 한참 설명해야 할 때가 많아요. 그러나 제가 선택한 길에 대해 후회는 없어요."

이여영은 기성 언론사에서 쫓겨나고서도 저널리스트로서의 꿈을 접은 적이 없었단다. 아니 오히려 더욱 강렬해져 언론의 영역을 좀 더 넓게 생각하기로 했다. 몸집이 크고 구태에 젖은 현재의 언론이 차지하는 영역이 아닌, 미래형 언론의 영역으로. 그래서 뉴스의 취사 선택과 취재 · 기술 방식을 획기적으로 바꾼 기자가 되겠다는 야무진 꿈을 꾸게 되었다. 그 시작으로 온라인 기반의 라이프스타일 전문 팀 블로그 '이여영의 아지트'를 개설했다. KBS 온라인에서 진행하다 최근 막을 내린 프로그램의 이름을 그대로 살린 것으로 '비밀스러운 공간'이라는 뜻도 있지만, 아름답고 지적인 트렌드라는 함축적인 의미를 담아 라이프스타일 트렌드를 소개하는 공간으로 운영하기로 했다.

"많은 사람들이 포털 사이트를 통해 신문을 보는 세상이고, 트위터

를 비롯한 소셜 미디어와 파워 블로거의 영향력이 날이 갈수록 커지고 있다는 점을 생각해 보면 기존 언론과의 구별 짓기 자체가 의미 없는 날도 곧 오겠죠."

2009년 말《규칙도, 두려움도 없이》를 출간한 지 얼마 되지 않아 가졌던 인터뷰 이후, 불과 몇 달 사이에 이여영은 일을 또 저질렀다. 지난 2010년 자신이 늘 놀고 먹던 홍대 부근에 막걸리 전문점 '월향'을 차린 것. "막걸리를 정말로 좋아해요. 자주 드세요. 변비도 싹 사라진다니까요." 먹고 마시는 일을 즐긴다는 것쯤은 알고 있었으나 막걸리를 좋아하는 줄은 몰랐다. 월향은 자본도 설비도 없이 열정 하나로만 시작한 곳으로, 같은 이름의 유기농 현미 막걸리를 빚는 이상철을 돕기 위해 팔을 걷고 나선 결과다. 이제는 막걸리 좋아하는 사람치고 월향을 모르는 사람이 거의 없을 정도다. 게다가 이여영은 월향을 운영하는 일이 '힘들지만 보람 있다'가 아니라, 너무 재미있고 즐겁단다.

얼마 전에는《규칙도, 두려움도 없이》에 이어 30명의 인터뷰를 엮은《일등이 아니어도 괜찮아》를 냈다. 신문사에서 해고된 후 삶에 지쳤다고 느낄 즈음《미디어 오늘》의 '이여영의 사람 찾기'를 통해 만났던 사람들에 관한 이야기다. 다른 사람들에게 '재연 배우'로 불리고 생업을 위해 학원 강사까지 하지만 정작 자신은 행복하다는 배우 이중성, 고졸 출신에 배경도 빽도 없지만 당당히 유럽에서도 인정받는 패션 디자이너 최범석, 시리즈마다 높은 시청률을 올리는〈막돼먹은 영애씨〉의 PD 박준화 등 30여 명을 만났고 이들의 삶을 들여다보면서 위안과 희망을 얻었다고 했다.

지금까지 그랬던 것처럼 앞으로도 '규칙도, 두려움도 없이' 씩씩하게 살아갈 이여영이 어떤 비난이나 공격에 굴하지 않도록 맷집도 더 세지길 바란다. 기존 규칙에 얽매이거나 상처받지도 말고, 게임의 룰을 스스로 만들어가면서. 사람 모으는 것 좋아하고, 막걸리 좋아하고, 일 벌이기 좋아하는 그녀라면 잘할 수 있을 것 같다.

청춘, 새로운 길을 만들다

10

티테라피로
전통 허브차를 알리는,
한의사 이상재

이상재 _
전통 허브차를 개발하는 한의사,
한의원과 카페가 공존하는 '티테라피' 운영

'동의보감에 나오는 약재를 간단하게 차처럼 우려 마실 수는 없을까' 하는
의문을 가진 그는 《동의보감》에 나오는 약초 300여 가지 중
맛과 효능이 뛰어난 재료 30여 가지를 선별하여 차로 만들기 시작했다.

수요가 많더라도 공급을 다 맞추기 힘든 게 현실이라
크게 욕심 부리지 않고 한 걸음씩 전진하고 있다.

압구정동에서 한의원과 카페가 공존하는 복합공간 '티테라피(Tea Therapy)'를 운영하는 한의사 이상재 원장. 한의원이라는 조금은 고루한(물론 지금은 현대화된 한의원이 많다) 공간과 카페와의 조합은 신선한 충격이었다. 젊은 감각이 가미된 독특한 간판은 물론 압구정동 어느 카페에 뒤지지 않을 만큼 모던한 분위기, 인터넷과 젊은이들에게 인기를 얻고 있는 족욕이 갖춰진 '티테라피'는 약재가 들어 있는 통까지 인테리어 소품으로 새롭게 변신했으니, 코끝을 건드리는 은은한 한약재 냄새가 없다면 '전통 허브차'를 팔 거라는 생각은 전혀 못 할 정도로 신선한 느낌이다.

이상재 원장은 카페와는 썩 어울리지 않는 흰 가운을 입고 인터뷰를 시작했다. 사실 그를 만나기 전에는 카페를 운영하며 느긋하게 노후를 즐기는 한의사일 거라 생각했다. 하지만 티테라피 연구의 배경이론, 한의학적 측면에서 본 건강 문화, 왜곡된 한방 시장의 마케팅, 앞으로의 사업 구상 등을 들으며 그것이 편견이었음을 무섭게 확인할 수 있었다.

"최근 건강증진을 위한 삶의 질 향상이 화두잖아요. 삶의 질 향상을 위해선 질병 못지않게 일상생활에서 느끼는 자각증상 관리가 중요합니다. 이런 자각증상은 어깨 결림, 두통, 피로, 수족냉증, 불면, 부종 등으로 나타나지만 병원 진단에서는 이상 없음으로 판정받는 경우가 대부분이죠. 이런 미병(未病)들은 우리의 전통 허브를 이용한 '티테라피', 즉 한약차(전통 허브차)로 관리하여 효과를 볼 수 있습니다."

'한약차'라고 하면 '쌍화차', '대추차' 같은 소위 '전통찻집'에서 파는 음료가 아닐까 생각하는 사람이 많다. 정확히 말한다면 한약차는 한약 재료들을 이용하여 끓이지 않고 뜨거운 물만 부어 마실 수 있게 만든 전통 허브차이다. 또한 전통차가 한 가지 재료만을 쓴다면 한약차는 여러 가지 한약재를 브랜딩하여 나온다는 장점을 가지고 있다. 예방 한의학으로서 한약재를 쉽게 마실 수 있는 차로 풀어냈다는 점에서 꽤나 신선해 보였다.

한약차를 개발하는 건강문화 디자이너

이상재 원장이 '예방 한의학'에 관심을 갖게 된 것은 경희대 한의과를 졸업하고 병원을 개원할지, 공부를 계속할지 고민할 때부터 시작되었다. 그 시절 '국민건강증진법'이란 것이 생겼는데, '건강증진'이란 보다 건강한 삶을 위해 병을 미리 예방한다는 의미로서 그는 이를 한의학 측면에서 접근해도 좋겠다고 생각했다. 그래서 결국 돈 벌기 좋다는 병원 개원을 뒤로하고, 예방의학 대학원에 진학하여 5년 동안 공부한 끝에 석·박사 학위를 따냈다. 그리고 2004년 말 드디어 개원을 결심했다. 하지만 그가 생각한 한의원의 모습은 조금 달랐다. 한의원 안에 '건강 박물관'을 함께 두어 우리 조상들이 쓰던 건강지향적인 유물들을 둘러보게 하면서 건강에 관련된 재미있는 지식도 함께 알리고자 했다.

"조상들이 쓰던 참빗도 알고 보면 건강지향적인 유물이에요. 우리는 참빗에 대해 곱게 머리를 빗거나 이를 잡던 것 정도로만 알고 있잖아요. 하지만 '머리를 자주 빗으면 건강에 좋다'라는 옛말처럼 기가 움직이는 통로를 참빗으로 가볍게 자극함으로써 건강유지를 도울 수 있거든요. 옛날 조상들은 단정한 차림을 중시하여 아침에 일어나면 제일 먼저 빗질로 일을 시작했는데, 건강을 위해 50~100회 빗질을 권장했다고 하니 참 현명했죠."

신혼집 근처인 마포구 구수동에 한의원을 개원하여 정확히 2년 동안 침을 놓고 한약을 달였지만, 마음 한구석에 자리 잡은 예방의학에 대한 꿈은 쉽게 사라지지 않았다. 그래서 진료 틈틈이 예방한의학의 일종인 한약차에 대한 공부에 더욱 매달리게 되었다.

한 사람을 위한 '나만의 맞춤 차'

'전통 허브차'는 오래 전부터 내려온 약초 처방을 현대적으로 바꾼 것이다. 1610년 허준의 임상의학 백과사전《동의보감》에는 병에 대한 설명이나 치료방법뿐 아니라 사람의 체질이나 증상에 따른 약초(단방요법) 처방까지 나온다. 특히 약차(藥茶)에 관심을 가졌던 이상재는 '동의보감에 나오는 약재를 간단하게 차처럼 우려 마실 수는 없을까?' 하는 의문을 가지고 연구하기 시작했다. 처음에는《동의보감》에 나오는 약초 300여 가지 중 맛과 효능이 뛰어난 재료 30여 가지를 선별하여 차로 만드는 작업을 시작했다. 이 선별된 한약재를 오랜 시간 끓이지 않고 추출하는 방법을 연구했지만, 나중에는 커피나 녹차처럼 맛있게 만드는 단계에 이르렀다.

"한의원하면서 진료시간 이외에는 차 연구에 매달렸어요. 차를 맑게 우려내기 위해서는 미분(미세한 가루)이 없어야 하거든요. 그래서 차를 체에 치고 있는데, 가루가 얼마나 많이 나는지 마스크를 쓰지 않을 수 없을 정도였죠. 그렇게 마스크를 쓰고 쪼그리고 앉아서 체를 치다 보면 옷이나 머리에 가루를 뿌옇게 뒤집어쓰게 됩니다. 어느 날 밤 늦게까지 작업하고 있는데 아내가 그 광경을 보고 기가 찬다는 듯 쳐다보고 있더군요. 그래서 재빨리 제가 그랬죠. '나는 이게 좋다.' 아내도 웃더군요. 혹 뭐라 할까봐 제가 선수를 친 거지요."

지금의 '티테라피'가 있기까지 아내의 역할은 참으로 컸다. 나름 안정적이고 고정적인 수입이 보장되던 한의원을 접을 때도 흔쾌히 동의해 주었고, 티테라피의 좋은 이미지를 만드는 데도 아내의 감각이 절대적으로 작용했다. 첫 인터뷰 때, 남편을 위해 얌전하게 차를 내오던 그 모습을 잊을 수 없다. 큰 키에 커트 머리를 하고 무릎 아래까지 오는 치마를 입은 아내는 환한 웃음으로 사람을 대하는 넉넉한 성품을 가진 사람이었다. 나름 '원장 사모님' 소리를 들어오다가 남편의 꿈을 위해 손님들의 젖은 발을 닦아주는 신세로 전락(?) 했지만 얼굴에 미소는 떠나지 않았다.

잘나가던 한의원을 접고 시작한 티테라피였지만 시작부터 순조롭지는 않았다. 독특한 아이템으로 매체들로부터 취재는 쇄도했다. 하지만, 제일 중요한 손님이 없어 고전을 면치 못했다. 당시 근처 오래된 목욕탕에선 '틀림없이 정식 한의사가 아닐 거다. 그러니까 차나 팔고 있지!' 라며 이상한 소문이 돌기도 하였다. 또한 '카페+한의원'이란 모델은 분명 획기적이긴 했지만 다양화된 콘셉트가 오히려 역효과를 낼 수 있지 않느냐는 지인들의 충고들도 있었다. 카페와 한의원이 공존하며 서로 상승 작용을 할 수 있지만 자칫 잘못하면 서로에게 역효과를 낼 수도 있기 때문이다. 차 마시면서 이야기하려고 카페에 왔는데, 한의원도 있고 교육도 한다니 왠지 부담스럽게 느껴질 수도 있고, 반면 한의원에 왔지만 왠지 치료를 하기에는 전문성이 떨어져 보일 수도 있었다.

게다가 이상재 원장의 마음을 더욱 아프게 하는 건 가족들의 반응이었다. 티테라피의 독특한 콘셉트를 취재하기 위해 여느 때처럼 방송국에서 약재를 볶고 있는 그의 모습을 촬영해 갔는데, 다음날 부산에 계시는 부모님이 역정을 내며 전화를 하셨단다. 가스레인지 앞에서 프라이팬 잡고 약차를 볶고 있는 모습이 보기 좋지 않았던 모양이었다. 원장실에서 환자 맥 잡고 위엄 있게 진료하는 아들의 모습을 원했던 부모님의 마음을 알기에 미안했다. 언제나 아들의 의견을 존중해 주는 부모님이건만, 막상 그 모습을 보고 속상해 하셨다.

이런 여러 가지 악조건 속에서도 그의 열정은 사그라지지 않았다. 오히려 전통 허브차에 대한 연구는 계속되었고, 다양한 채널을 통해 티테라피를 알려 나갔다. 그 한 가지 방법으로 카페 한쪽에 '티테라피 교실'을 열어 전통 허브차에 대한 필요성을 전했다.

"현대 부모들은 아이가 아플 때 신속한 대처 방법을 모르기 때문에 병원으로 달려가죠. 제 동생도 의사지만 아이가 아프면 어머니에게 전화해서 물어보는 경우가 많습니다. 그게 바로 오랜 시간 내려온 민간요법이에요. 꼭 병이 아니어도 몸이 불편한 상태라는 것은 몸의 균형이 깨지고 있다는 것으로 신경을 써달라고 몸이 보내는 신호예요. 이런 '미병'은 한약재를 이용한 전통 허브차로 충분히 다스릴 수 있어요."

무료 족욕 시설(왼쪽), 개별포장 제품도 판매한다(오른쪽).

이상재 원장은 미병과 관련된 강의와 함께 '티테라피스트'를 교육하는 프로그램도 병행해 나갔다. 바리스타, 소믈리에처럼 개인의 취향과 체질, 몸 상태를 분석하여 개인별 맞춤 차를 만드는 전문가 과정이다. 꼭 한의사가 아니더라도 티테라피스트가 될 수 있도록 체계화시켰는데, 앞으로 대중화될 티테라피를 위한 인력양성으로서 꼭 필요하단 생각에서이다.

이상재 원장은 손님들에게 '나만의 맞춤 차'를 선보이기 위해 직접 카페에 나와 상담을 하고 증상에 따라 약재를 브랜딩해서 차로 세팅해 준다. 또한 티테라피의 저변확대를 위해 대기업의 문을 두드리며

이상재 원장이 만든 다양한 약재들(왼쪽), 카페와 한의원 중간에는 강의실이 있다(오른쪽).

건강음료로 대중화시킬 방법을 연구하기도 했다. 그래서일까. 그의 명함에 '한의학 박사'란 명칭과 함께 '건강문화 디자이너'란 수식어가 낯설지 않아 보인다.

"가장 힘들었던 건 한정된 여건에서 혼자 모든 일을 다 처리해야 한다는 점이었어요. '나만의 차'는 포장도 가능한데, 이런 포장 용지 패키지 디자인부터 마케팅, 수업 등 잠시도 쉴 시간이 없었거든요. 게다가 가장 중요한 것이 원재료를 안전성 있게 수급해 오는 건데, 지금의 시스템을 완성하기까지 너무 많은 고생을 했죠. 예를 들어 '박하'의 경우 잎만 필요한데, 제가 원하는 대로 공급해 주는 곳은 아무 데도 없었거든요. 지금은 계약재배를 통해 수급하고 있지만 한동안은 가장 큰 고민거리였답니다."

이상재 원장의 거듭된 도전과 실패는 조금씩 티테라피를 안정시켰고, 오픈 1년을 넘어가자 앞이 보이기 시작했다. 이에 탄력을 받아 압구정동 본점에 이어 안국동 북촌길에도 '티테라피 행랑'을 2010년 10월 오픈하기도 했다.

한의대 졸업 후 5년간 모교에서 연구하고 학생들을 가르친 한의학 박사로서, 일반 한의원에 한계를 느끼고 새로운 분야를 개척하는 그의 용기는 제자와 후배들에게도 모범이 되었다. '홍삼'처럼 한의학 재료가 의료의 목적이 아닌 건강문화 개념으로 바뀌고 있는 현실, 의료와 문화의 불분명한 경계를 비집고 들어와 전문성이 아닌 문화마케팅으로 건강을 왜곡시키는 모습을 보며 전문가로서 건강문화를 바로 잡고 싶다는 새로운 시도는 관계 업종 사람들을 예의주시하게 만들었다.

세계로 진출하는 티테라피

좋은 일은 한꺼번에 찾아오는 것일까. 우연히 인터넷 검색 중 '티테라피'를 알게 된 일본인이 '사람에 따라 다르게 한약차를 낸다'는 콘셉트에 매료되어 다음날 비행기를 타고 티테라피에 찾아왔다. 그 일본인은 '후쿠오카'에 같은 형태의 카페를 내고 싶어했고, 티테라피의 전반적인 지식을 습득하길 간절히 원했다. 하지만 이상재 원장만의 노하우로 만들어내는 재료의 특수함 때문에 결국 완성된 재료를 공급해 주는 '가맹점' 형태로 허락을 하게 되었다. 이어 '나고야'에서도 가맹점이 오픈할 예정으로 현재 인터넷 쇼핑몰을 운영 중이다. 뿐만 아니라 도쿄와 교토에서도 관심을 보이는가 하며, 얼마 전에는 미국에도 수출의 성과를 올렸으며, 터키 이스탄불에서도 이메일로 문의가 올 정도로 세계적인 유명세를 타고 있다. 그의 오랜 노력이 빛을 발하는 순간이다.

또한 티테라피가 후지TV에 방영된 후 조금씩 일본 관광객들이 늘어나더니 지금은 티테라피를 찾는 손님 중 30~40%가 일본인일 정도로 꽤나 입소문이 나 있다. 평소에도 차와 건강에 관심이 많은 일본인들은 이상재 원장이 처방한 '나만의 차'를 포장해 가는 것은 물론, 효과를 확인하면 바로 재주문까지 할 정도로 적극적이란다. 우리나라

사람 입맛에 맞게 브랜딩한 '구수한 맛'이 일본 사람들에게까지 통한 것이다.

아직은 미약하지만 국내에서도 티테라피, 예방의학에 대한 관심도가 조금씩 늘고 있다. 여러 문화센터에서 강의 요청이 오고, '전통 허브차'를 찾는 사람들을 위해 한강대교 카페나 고급스러운 티 전문 살롱에 티테라피 제품을 납품하고 있다. 사실 수요가 많더라도 그가 직접 한약재 원료를 재가공해야 하는 특성상 공급을 다 맞추기 힘든 게 현실이라 크게 욕심 부리지 않고 한 걸음씩 전진하고 있다.

"카페를 운영하고 있기는 하지만 의료인으로서 문화적 건강증진 시스템에 더욱 관심을 가지게 돼요. 그래서 오랜 시간 생각한 것이 직장 내 건강증진을 위한 관리 시스템입니다. 요즘 현대인들은 가정에서보다 직장에서 보내는 시간이 더 많잖아요. 인스턴트 커피나 녹차 티백만 먹는 것이 아니라 상주해 있는 티테라피스트를 통해 직원 모두 체질에 맞고 건강에 필요한 전통 허브차를 처방하여 건강관리를 돕는다면, '산업보건' 차원에서도 좋은 기업문화가 탄생될 것이라 생각해요."

꿈을 찾아 누구도 가지 않은 길을 개척하고 있는 이상재 원장은 의사로 편하게 살라고 충고하는 사람들에게, 편하게 사는 것보다 하고 싶은 일을 하며 사는 게 행복하다고 말한다. 그리고 사람들의 건강지수를 높여 삶을 풍요롭게 해주는 꿈이 있기에 이미 자신은 세상에서 가장 행복한 사람이란다.

11

소통으로 마음을 다스리는,
'병원+카페'
제너럴닥터 김승범

김승범 _
'병원+카페'형 의료생협 '제너럴닥터' 운영
generaldoctor.org

의사의 신뢰도가 떨어진 이유는 약사, 한의사, 대체의학을 하는 사람들
때문이라고 역설하는 모습을 보며 과연 병원과 의사들은
환자들을 위해 얼마나 노력했을까 생각하게 되었다.

"병원이란 곳의 이미지를 바꾸고 싶었어요.
소독 냄새 나는 두려운 공간이 아닌
편안하게 즐기며 함께 나누는 공간으로요."

이제는 홍대의 명물이 되었지만, 아직도 '제너럴닥터'의 존재를 모르는 사람은 "여기가 병원이라고?"란 반응을 보인다. 그도 그럴 것이 크지 않은 간판을 눈여겨보지 않고 3층으로 올라왔다면, 출입구도 내부도 완벽한 카페이기에 병원이란 생각은 하기 힘들다. 게다가 50평 남짓한 공간에는 널찍하게 놓여 있는 테이블과 입구 오른쪽에 자리잡은 주방, 기분 좋게 흘러나오는 음악, 중간 중간에 전시 작품까지 진열되어 있다. 물론 카페 안쪽에는 의료품들이 놓인 병원 진료실이 있다. 하지만 이곳마저도 소파와 나무로 만든 간편한 침대의 분위기가 병원이란 분위기를 최소화시킨다. 그래도 있을 건 다 있다. 주사를 맞을 수도 있고, 링거를 맞으며 잠깐의 휴식도 취할 수 있다. 겉으로 봐선 어떨지 몰라도 원장 선생님이 관리하는 환자 노트도 있고 처방전도 내리는 등, 1차 의료기관의 역할을 톡톡히 하고 있다.

병원과 카페라는 우리나라 최초의 이색 공간을 만들어낸 '김승범' 원장을 처음 만난 건 몇 년 전 가을, 제너럴닥터를 개원하고 조금씩 '병원+카페'로 자리 잡고 있을 무렵이었다. 인터뷰를 하기 위해 환자가 없을 법한 시간(카페 오픈 시간)에 맞춰 제너럴닥터에 도착했다. 왠지 모를 어수선함과 아직 출근 전인 원장 선생님. 너무 소홀한 것 아니냐는 생각이 들 무렵, 한 젊은 남자가 잠에서 깬 지 얼마 안 된 얼굴로 들어왔다. 의사라고 하기에는 뭔가 2% 부족해 보이는, 청바지에 스니커즈 차림을 한 청년이 바로 김승범 원장이었다.

"늦어서 죄송해요. 병원이 어수선하죠? 어제 늦게까지 탁자 만들었더니 늦잠을 잤네요. 전시회 준비까지 겹쳐 더 어수선해요."

알고 보니 늦게까지 탁자를 만들다 미처 치우지 못하고 오전에 있는, 다소 이른(?) 인터뷰를 위해 잠에서 깨자 마자 씻고 나온 모양이었다. 제너럴닥터에 있는 인테리어는 물론 나무로 된 진료실 침대나 탁자, 의자, 그 밖의 소품들을 대부분 직접 만들었단다. 오픈 때는 근처에서 카페를 운영하며 영화 연출 일을 겸하고 있는 형의 도움을 받았지만, 이후에는 혼자서 뚝딱뚝딱 해내고 있다는 이야기. 개인 블로그에 간단한 일러스트도 직접 그릴 정도로 다재다능한 사람이었다.

"병원이란 곳의 이미지를 바꾸고 싶었어요. 소독 냄새 나는 약간은 두려운 공간이 아닌 편안하게 즐기며 함께 나눌 수 있는 공간으로요. 병원이란 곳이 사실 질병 때문에 만나기는 하지만 인간과 인간이 소통하는 곳이니만큼 편안해야 한다고 생각했거든요."

그래서 그는 의료에 관한 것들을 최소화시키고 소통에 필요한 무언가를 채우는 작업을 하고 있다. 그것이 카페 공간이거나 전시장이거나 사람들이 있는 곳이라면 어디든 될 수 있다. 사실 의료 기계들이 있는 진료실을 제외하고는 대기실이나 간호사들이 있는 접수대는 꼭 정형화된 모습으로 있을 필요가 없지 아니한가. 편안하고 독특한 모습을 가지고 오히려 더 친밀하게 진료를 볼 수 있다는 점에서 기존 병원과의 차이점을 둔 제너럴닥터의 독특한 시선이 마음에 들었다.

의료기구, 커뮤니케이션, 환경을 재구성하다

김승범 원장은 2004년 연세대 의대를 졸업했다. 하지만 그는 많은 동문들과 달리 인턴, 레지던트와 같은 전공의 과정을 거치지 않았다. 최소 30분 대기하고 3분 진료하는 일방적인 의료체계에 문제의식을 갖게 된 것은 본과 2학년 무렵이다. 당시 의약분업 사태를 맞이하게 되었는데, 그 역시 사태에 휘말려 궐기 대회까지 참석하게 되었다. '의료의 주체는 의사다'를 외치며 '환자가 의사를 신뢰하지 못하는 이유가 약사, 한의사, 대체의학을 하는 사람들 때문'이라고 역설하는 모습을 보며, 과연 병원과 의사들은 환자들을 위해 얼마나 노력을 했을까 생각하게 되었다. 그리고 자신 역시 진정한 의사로서의 길을 걸을 수 있을까 하는 위기의식 속에 휴학을 했고, 3년의 공중보건의 생활을 마치자 마자 바로 일반의 자격으로 개원, 실험적인 진료를 시작했다. 누구나 동경하는 전문의로서의 삶 대신, 인간적인 진료, 의사와 환자가 소통하는 의사로서 진료실 운영에 나선 것이다.

병원과 카페가 결합된 제너럴닥터의 모태는 그가 오랜 시간 꿈에 그려온 '의료 디자인'의 한 모델이기도 하다. 의료 디자인은 병원이라는 공간 시설에 관한 것뿐만 아니라 의료 도구부터 의료 행위 전반을 의사가 직접 설계하고 디자인하는 것을 의미한다. 김승범 원장은 2005년 제1회 '전국의료기기 창업경진대회'에서 장려상을 수상한 경험으로 의료 디자인에 대해 고민하며 의료 디자인 회사인 '매닉디자인'을 창업하기도 했다. 그는 의료 기구에 한정돼 있는 의료 디자인의

개념을 보다 확장, 의료의 인간성 회복을 목적으로 '의료 기구', '커뮤
니케이션', '환경'을 일관성 있게 재구성하고 싶었다고 한다.

　"제가 실용신안 특허를 낸 '어린이용 압설자'도 의료 디자인과 같
은 맥락이라 생각하시면 돼요. 어린아이들을 진료할 때 가장 문제점
은 무서운 병원에 와서 낯선 의사 앞에서 입을 벌리는 일이에요. 아이
의 상태를 보기 위해선 꼭 필요한 과정인데, 목의 안쪽을 보느라 압설
자를 사용하면 아이는 놀라 더 울어버리고, 어렵게 상태를 본 후에도
계속 우는 아이 때문에 보호자와 이야기를 나누기도 힘들죠. 그래서

의사면허증이 붙어 있는 그의 진료실. 곰돌이 인형과 직접 만든 환자 침대가 의사의 권위 대신 인간
적인 진료, 소통하는 진료의 운영방침을 보여주고 있는 듯하다.

생각해 낸 것이 사탕으로 된 압설자였어요."

사탕으로 된 압설자를 입에 갖다 대면 아이는 자연스럽게 입을 벌리기 마련. 진찰을 한 다음 그냥 입에 물려놓으면 아이도 즐겁고, 조용한 사이에 보호자와 아이의 상태를 이야기할 수 있으니 의사도 좋다. 대부분 울음바다가 되어버리는 소아과 진찰 풍경이 작은 아이디어 하나로 바뀔 수 있다니 놀라울 따름이다.

그런 의미에서 의사도 환자도 행복한 병원을 만들고자 개원한 제너럴닥터 역시 그가 만든 '어린이용 압설자' 개념과 크게 다르지 않아 보였다.

인간을 위한 병원, 느림의 미학

2007년 5월 1일. 처음으로 제너럴닥터가 개원했을 때만 해도 병원으로서 제너럴닥터를 찾는 사람은 손에 꼽을 정도였다. 하지만 병원의 수익보다 사람을 먼저 생각하는 다소 낯선 의료 형태는 많은 환자들의 긍정적인 반응을 얻어냈다. 그의 평균 진료 시간은 30분. 길게는 2시간 이상 함께 이야기를 나눈 적도 있다고 하니 놀라울 따름이다. 또한 어느 병원에나 있는 환자 차트가 제너럴닥터에서는 '환자 노트'로 바뀌어 있다. 그 안에는 무슨 말이지 모르게 흘려 쓴 의학용어 대신 그림을 그려가며 환자의 증상을 설명한 흔적이 가득하다. 그리고 환자들의 주관적 호소까지 자세히 기록하여 상호 간의 소통을 만들어간다. 한마디로 '환자 노트'는 환자에게 의료인이 하고 싶은 말, 보여주고 싶은 것을 적거나 그려가며 전달하기 위한 도구이다.

"만약 어떤 환자가 '머리가 아프다'는 말을 하면 대부분의 병원에서는 'headache'란 단어를 차트에 쓰죠. 하지만 제너럴닥터에서는 '지끈지끈하다', '쑤신다'처럼 환자들이 표현한 말을 그대로 써요. 이런 진료 기록들이 다음 진료 때 의사와 환자 사이를 긴밀하게 묶어주는 중요한 소통의 도구가 되어주거든요."

뿐만 아니라 제너럴닥터에서는 처방전도 두 장이다. 하나는 약국 제출용이고 다른 하나는 환자용 처방전으로, 손으로 일일이 질병에 도움이 될 수 있는 처방들을 적어주어 환자들을 감동시킨다.

이렇게 인간적인 병원을 운영하다 보니 하루에 최대 진료할 수 있는 환자의 수는 20명. 일반 동네 병원들의 경우 하루 약 80명 이상의 환자는 봐야 수지타산을 맞출 수 있다는 점을 감안할 때 턱없이 부족하다. 결국 김승범 원장이 꿈꾸는 진료를 하기에는 기본적인 병원 수익이 필요했고, 이를 위해 병원과 카페가 결합하는 새로운 의료 환경이 생겨난 것이었다. 환자들과 병원 사이에 '지속적인 소통'이 되기 위해 카페는 나름 효과적인 수단으로 작용하는 셈이다.

환자가 없을 때는 커피를 만드는 일도 김승범 원장의 몫이 된다. 제너럴닥터 개원을 준비할 때, 낮에는 탁자에 맞는 의자를 만들었고, 밤에는 '바리스타' 과정을 배우며 자격증을 땄다. 다른 병원과는 시작부터 달랐던 제너럴닥터에서 그는 직접 '핸드 드립'으로 커피를 내려 서

빙을 한다. 의사의 전유물이라고 할 수 있는 하얀 가운조차 걸치지 않으니 목에 건 청진기만 없다면, 카페 아르바이트생으로 오해하기 십상이다. 많은 의사들이 가운을 벗으면 의사로서의 권위가 사라지지 않을까 생각하지만, 환자들에게 친근감을 준다는 점에서 오히려 더 큰 신뢰를 심어주니, '인간'을 위한 의료를 추구하는 김승범 원장의 '느림의 진료'는 '성공적'이라 할 수 있다.

이익 중심이 아닌 질병 예방 중심의 행복한 진료

꼬박 4년 동안 제너럴닥터가 '병원+카페'로 자리 잡으면서 꽤나 많은 일들이 생겼다. 혼자서 이끌어가던 병원은 어느새 네 명의 의사들이 함께하고 있다. 2008년에는 비뇨기과 수련을 받던 정혜진, 학생 실습을 나왔다가 자리잡은 이수익, 2011년 의과대학을 졸업한 후 바로 제너럴닥터에서 경험을 쌓고 있는 김형주까지, 여기에 네 마리의 귀여운 고양이가 진료실과 카페를 오가면서 터줏대감 역할을 하고 있다. 오래 전부터 함께했던 고양이 '바둑이'와 '나비' 외에도 임시 보호를 하다가 가족으로 자리잡게 된 '순이'와 '복실이'도 있다. 이렇게 임시 보호나 탁묘로, 또는 손님들이 데려온 고양이들로 제너럴닥터는 고양이 천국이 될 때가 종종 있다.

"고양이 때문인지 '혹 고양이 카페가 아니냐'는 질문을 받기도 해요. 하지만 고양이도, 강아지도 우리 삶을 더 행복하게 만들어주는 가족의 일원으로서 함께 지내는 것뿐입니다."

많은 변화 중에서도 김승범 원장에게 가장 큰 힘이 되어 준 건 바로 이젠 어엿한 동업자로 자리 잡은 의사 '정혜진'의 등장이다. 김승범 원장과는 전혀 다른 성격을 가졌다는 그녀는 원래 단국대 의대를 졸업하고 대학병원에서 전공의 과정을 밟고 있던 레지던트였다. 어려운 경제 형편에도 의대에 수석으로 입학하여 촉망 받는 미래의 전공의로 마지막 레지던트 과정을 보내고 있다가, 우연히 들른 제너럴닥터를 통해 새로운 길을 선택하게 되었다. 정혜진 역시 종합병원의 오래된 진료방식에 회의를 품고 있던 터에 환자와 친밀하게 소통하는 제너럴닥터의 시스템에 감명을 받아 김승범 원장과 뜻을 같이 하기로 결심한 것이다. 첫 만남에서 7시간 넘게 대화를 나누며 의료인으로서 함께 뜻을 펼치기로 했지만, 막상 주변의 반대를 무릅쓰고 일주일 만에 제너럴닥터로 온 그녀의 실행력에 김승범 원장도 놀랐다고 한다.

"정혜진 선생님이 들어오면서 제너럴닥터도 조금씩 자리를 잡는 듯했어요. 계획적인 면이나 인격적인 면이나 저에게 부족한 점을 다 가지고 있는 사람이거든요. 무엇보다 함께 꿈을 꿀 수 있다는 점에서 천군만마를 얻은 듯 든든합니다."

제너럴닥터에서 김승범 원장과 정혜진 닥터는 '김제닥'과 '정제닥'으로 불린다. 별명처럼 재미있게 이름을 붙이다가 어느새 제2의 이름이 되어버렸다. 마치 같은 목표를 가진 성이 다른 남매처럼. 이렇게 하나가 아닌 둘이서 제너럴닥터를 이끌다 보니 진료도 분담할 수 있고, 각자 자신만의 시간도 확보되어 더욱 많은 일들을 해결했다. 약간의 여유가 생기자 제너럴닥터의 성과를 기반으로 카페 형태의 병원 체인화도 생각하게 되었고, 1차 진료기관인 제너럴닥터와 정보를 공유하여 2, 3차 진료기관으로 환자 노트 기록을 확대해 볼 계획까지 짜게 되었다. 3년 전 막연하게 '환자와 소통할 수 있는 병원'을 목표로 만들었던 제너럴닥터가 조금씩 구체화된 모습으로 성장하게 된 것이다.

또 하나의 발전이라면 젊은 두 의사가 이끌어가는 병원답게 환자와의 소통도 디지털화된 것이다. 두 의사 모두 진료실에 들여놓은 컴퓨터와 스마트폰으로 블로그를 통해 진료실 밖에서도 환자들을 만나며 이야기를 나누고 있다. 뿐만 아니라 의사들의 온라인 미디어 채널인 〈닥블(http://docblog.kr)〉과 〈헬스로그(http://www.healthlog.kr)〉에도 참여한다. 이 모습은 어쩜 제너럴닥터와는 사뭇 다른 느낌일 수도 있다. 환자와 얼굴을 맞대고 아날로그 식의 환자 노트를 적던 모습과는 거리가 있어 보이기 때문이다. 하지만 방법의 차이일 뿐, 환자와 '소통'한다는 기본 명제는 같다. 물론 의료상담보다는 제너럴닥터에 대한 소소한 일상이나 김승범 원장만의 농담, 그림 등이 많지만, '의사'라는 다소 권위적인 가운을 벗고 함께 양방향으로 소통하고 싶은 모습은 '동네 주치의' 그 이상의 의미를 담아내고 있다.

'인간과 인간'이라는 테마를 두고 의료 활동을 펼치고 있는 그의 의료행위에 대하여 간혹 비판적인 시선이 오가기도 하지만 상당수의

의사들은 그의 생각에 동의한다. 현실적인 문제에 있어서는 동참하기 힘들지만 미래에 이뤄져야 할 이상적인 의료체계인 점을 높이 평가하며 제너럴닥터의 행보를 지켜보고 있다.

환자가 행복해 하는 병원, 의사가 행복해 하는 병원을 이루고자 노력하는 제너럴닥터. 의료로 소통하며, 사람이 중심이 되는 의료 가치 시스템을 실천하는 제너럴닥터 김승범 원장이야말로 우리가 진정으로 원하는 의사가 아닐까 싶다. 의사와의 진료가 이처럼 즐거우니 의료 디자인의 첫 단계는 이미 성공한 셈. 그가 계획하는 의료 디자인의 확대를 통해 몸뿐만 아니라 마음까지 다스릴 수 있는 건강한 사회가 정착되길 기도해 본다.

최근 제너럴닥터는 하루에 20명 진료란 척박한 수익구조 때문에 2011년 5월 28일 '의료생협'이란 대안 의료를 발기했다. 이로써 '제닥생협'은 설립 동의자 322명과 3천만 원의 출자금을 모집, 조합원이 되어야 진료를 받을 수 있는 병원이 되었다. 의사와 병원 이익 중심이 아닌 환자와 질병 예방 중심의 '행복한 진료'에 대한 꿈을 현실로 만들기 위한 것이다. 앞으로 계속될 제2, 제3의 제너럴닥터를 기대해 본다.

12

스페니쉬 아파트먼트
까사 81번지 집주인,
그림 작가 한송이

한송이 _
그림 작가
1song2.com

민박을 꾸려보자는 제안은 어머니가 먼저 했다.
비슷한 시기에 마음이 맞은 모녀는 용감하게도
바르셀로나 행을 결심하고는 멋지게 실행에 옮겼다.

"여러 가지 가능성을 생각하면서 지내고 있어요.
이렇게 살았으니, 이제 또 어떻게 살아볼까, 하는 식으로요."

'내가 살고 싶은 곳에서 살아보고 싶어'라는 마법 같은 문장에 이끌려 바르셀로나까지 건너간 그림 작가 한송이는 삶의 대안 중 하나로 예쁘고 아기자기한 민박 '까사 81번지'를 꾸리며 살아가고 있었다.

바르셀로나에서의 일상

한송이는 아침에 일어나면 엄마를 도와 손님들의 아침 식사 준비를 돕는다. 식사가 끝나면 손님들에게 바르셀로나를 안내해 준 뒤, 스페인어 수업을 들으러 간다. 수업이 끝나면 근처 재래 시장인 보께리아에서 장을 봐 자전거에 싣고 집으로 돌아온다. 가끔씩 새로운 음식을 시도해 점심을 해먹고 한여름에는 잠깐씩 시에스타(낮잠)도 즐긴다. 물론 까사 81번지 홈페이지 관리도 하고, 손님이 바뀌는 날이면 방 청소도 하면서 새로운 손님 맞을 준비를 한다. 일주일에 세 번은 작업실에서 판화 작업을 하고, 가장 좋아하는 시간대인 밤 늦은 시간부터 새벽까지는 음악을 틀어놓고 그림을 그리거나 잡다한 작업을 한다. 일주일에 하루 정도는 전시회에 가고, 도서관에서 책도 찾아보면서 지내다 주말이면 앤티크 마켓에 가 보물 찾기를 즐긴다. '재재'라는 새와 함께 살게 되면서부터 주말마다 새장 청소도 하고, 금요일이나 토요일 저녁엔 친구들을 만난다. 한 달에 한 번 정도는 쿠바 술인 '모히토'를 좋아하는 친구와 바에 가는 것도 잊지 않는다. 해가 긴 나라임에도 불구하고 매일 하루가 너무 짧게 느껴진다⋯⋯.

내가 살고 싶은 곳에서 살아보고 싶어!

" '내가 살고 싶은 곳에서 살아보고 싶어' 라는 한 문장에 엄마와 저의 마음이 통해서 이곳까지 함께 오게 되었어요. 막연했던 생각을 실현하기까지 순탄하지만은 않았지만, 지금 이렇게 와서 살고 있으니까 저도 문득 문득 신기하고 좋아요."

지금으로부터 4년 전, 바르셀로나를 처음 방문한 한송이는 그만 이 도시에 홀딱 반하고 말았다. 발길 가는 대로 이곳 저곳 다니던 그녀의 눈에 들어온 건 바르셀로나의 화려함이나 북적거림보다는 평범한 뒷골목의 일상이었다.

"이곳이 마음에 들었던 이유는 여러 가지였지만, 기본적으로 사람이나 환경, 음식에서 느껴지는 기운이 마치 제2의 고향처럼 편안했어요. 궁합이 잘 맞았다고 해야 할까요? 이곳에서 살면 내 삶이 조금 더 행복할 것 같다는 느낌이 들었죠." 그래서 무작정 살아보고 싶다는 생각을 하게 되었고, 결국 지금 바르셀로나에서 살아가고 있는 중이다.

민박을 꾸려보자는 제안은 어머니가 먼저 했다. 한평생 교사로 재직하다 명예 퇴임한 어머니는 좀처럼 받기 어렵다는 '단순 거주권'을 받아 딸과 함께 바르셀로나로 건너갔다. 사실 딸보다 어머니가 더 먼저 스페인에 관심을 갖고 있었고, 10여 년 전 바르셀로나에 왔을 때부터 퇴직하면 이곳에서 살아보고 싶다는 막연한 마음을 갖고 있었다고 한다. 비슷한 시기에 마음이 맞은 모녀는 용감하게도 바르셀로나 행을 결심하고는 멋지게 실행에 옮겼다.

"바르셀로나에 처음 왔을 때, 구엘 공원 정상에 올라가 시내와 그 뒤에 펼쳐진 지중해를 보면서 여기 참 좋다는 생각을 했어요. 뜨거운 태양도 있고 바다도 있고 내가 살고 있는 곳을 한눈에 다 들여다볼 수 있는 야트막한 산도 있고. 한마디로 도시의 풍요로움과 전원적인 요소가 모두 충족되는 곳이었죠."

엄마와 딸이 꾸려가는 까사 81번지

까사 81번지는 방 2개짜리 작은 민박 집이다. 바르셀로나 시내 중

바르셀로나의 민박집 까사 81번지.

심에 위치해 있는데, 얼마나 시내 중심인가 하면 이곳에서 바르셀로나를 대표하는 건축가 가우디의 '까사 밀라', '까사 바뜨요', 번화가인 람블라스 거리 등의 주요 관광지를 모두 걸어서 갈 수 있을 정도다. 전형적인 스페니쉬 아파트인 까사 81번지는 19세기 말에 지어진 전통적인 까탈란 구조의 집으로, 우리로 치면 조선시대 말기에 지은 건물에 아직도 멀쩡하게 사람들이 생활하고 있다고 생각하면 된다. 그야말로 역사 속에서 살고 있는 셈. 대부분의 스페인 사람들은 이렇게 오래된 집의 특성을 그대로 살리면서 보수할 곳이 생기면 조금씩 고쳐가면서 살고 있다.

바르셀로나를 대표하는 건축가 가우디의 '까사 바뜨요'(왼쪽)와 '까사 밀라'(오른쪽).

"제가 바르셀로나에 끌렸던 첫 번째 이유는 '올드 앤 뉴'가 오묘하게 공존한다는 점이었어요. 새로운 무언가가 들어와도 기존의 것이 조금 자리를 비켜줄 뿐, 하루아침에 사라져 버리는 일이 별로 없지요. 그렇게 올드 앤 뉴가 적절한 비율로 자연스럽게 자리를 잡고 공존하는 도시가 바로 바르셀로나예요."

〈스페니쉬 아파트먼트〉란 영화를 보면 스페인에서 집 구하기의 어려움이 잘 나오는데, 그래서인지 이 멋진 집은 한 번에 구해지지 않았다. 까사 81번지를 찾기까지 적어도 50채가 넘는 집을 지나쳐야만 했다고 한다.

"집을 찾는 일이 힘들기도 했지만, 그 과정이 재미있기도 했어요. 매번 새로운 집을 둘러보면서 다양한 사람들을 만나고 개성 있는 집 구조도 익히게 되었으니까요. 신기한 건 사람도 보는 순간 본능적으로 '아! 이 사람이다'라는 느낌이 드는 것처럼 지금의 집도 그것과 비슷했어요. 까사 81번지에 들어서는 순간 '이 집이야' 하는 느낌이 팍 왔죠."

기다란 복도를 갖고 있는 이 집은 그녀와 어머니를 위한 공간 외에 민박을 위한 방 2개를 갖고 있다. 방은 모두 근사한 야외 테라스를 보유하고 있는데 하얀 천장엔 회벽 장식, 바닥엔 이 지역 전통의 모자이크 타일이 깔려 있다. 집 구석 구석을 장식하고 있는 독특한 소품들은 앤티크 마켓에서 틈틈이 건져온 것들이고, 벽면을 장식하고 있는 작품은 그녀의 드로잉이다. 현대적인 시설로 무장한 호텔의 편안함에 익숙해졌다면 낡은 엘리베이터와 계단이 불편할 수 있겠지만, 딱 하루만 지나고 나면 관광이고 뭐고 다 집어치우고 햇볕이 좋은 예쁜 방에서 노닥거리며 하루 종일 책이나 읽고 싶은 그런 마음이 올라오는 평온한 집이다. 그러다 배가 고파지면 집 근처의 레스토랑에서 맛있는 '오늘의 메뉴'를 먹으면 된다. 한마디로 여행객처럼 바르셀로나를 '구경'하는 것이 아닌, 단 하루만이라도 현지인처럼 바르셀로나에서 '살아 보고픈' 이들에게 딱 제격이었다. 그녀의 어머니가 매일 아침 차려주는 맛있는 한식 밥상도 빼놓을 수 없다. 안 챙겨 먹으면 섭섭해지는 그런 맛이다.

까사 81번지는 삶의 대안 중 하나

"이곳은 음기가 강한 곳이라 여자들이 굉장히 강하고 터프한 반면, 오히려 남자들은 순한 양 같아요. 처음엔 여자들이 왜 이리 드세나 싶었는데, 그만큼 남자들이 여자를 공주처럼 떠받들어 주더라고요. 이곳 남자들이 삶을 지혜롭게 살아가는 방식을 이미 터득한 게 아닐까, 혹은 여자를 다루는 고단수적인 방법을 더 잘 알고 있는 게 아닐까 싶을 만큼요."

24시간 안 되는 것이 거의 없는 한국에서 30년 넘게 살다 바르셀로나로 건너와 가장 처음 맞닥뜨린 충격(?)은 바로 '시에스타' 문화였다.

낮 2~5시에는 은행을 포함한 공공 기관과 상점들이 아주 '정확하게' 문을 닫는다.

"한 번은 1시 57분에 상점에 들어갔는데도 나가라고 문전박대 당한 적도 있어요. 제가 재료를 사러 가는 한 화방은 심지어 화요일과 목요일 오후 5시부터 8시까지만 문을 열고 그 외에는 아예 영업을 안 해요. 고객이 왕인 한국과는 정반대인데, 사고 싶으면 너희가 그 시간에 맞춰서 오라는 식이니까요."

처음엔 이게 뭔가 싶기도 했다. 점심을 해먹으려다가 빠진 재료가 있으면 오후 5시까지 기다리다 결국 저녁으로 해먹기도 했단다. 그러나 이젠 그녀 역시 시에스타가 없으면 능률도 오르지 않고 하루가 피곤하게 느껴질 정도라고 한다. 스페인 사람들이 왜 시에스타 문화를 갖게 되었는지 몸소 깨달은 셈이다. 낮에 자는 시에스타 문화가 있는 것처럼 스페인의 밤 문화는 화려하다. 낮에는 한산해도 밤 10시가 넘으면 언제 그랬냐는 듯이 활기가 넘치고, 주말에는 밤 12시가 지나야 본격적인 밤 문화가 꽃피기 시작한다. 밤새 놀고 즐길 수 있도록 대중 교통이 24시간 운행할 정도. 놀기 위해서 체력을 비축해야 할 지경이다.

"이곳 바르셀로나에서 까사 81번지를 운영하는 것은 지금 제가 실행에 옮길 수 있는 삶의 대안 중에 하나예요. 바르셀로나는 사계절 내내 전 세계 사람들이 몰려드는 곳이라 제 감수성으로 다양한 사람들과 교류하기에 좋은 곳이기도 하고요. 이곳에서의 삶에 어느 정도 만

족하기 때문에 가능하면 계속 살고 싶다는 생각은 있지만, 언제 또 마음이 바뀔지 모를 일이라 여러 가지 가능성을 생각하면서 지내고 있어요. 이렇게 살았으니, 이젠 또 어떻게 살아볼까? 하는 식으로요."

물론 어느 곳에서 살든 그림 그리는 일은 빼놓을 수 없다. 가까운 계획은 틈틈이 그린 작품을 모아 전시회를 여는 것. 그래서 요즘 자신의 그림이 어울릴 만한 공간을 호시탐탐 눈여겨보는 중이다.

얼마만큼의 시간이 흐른 후 한송이와 다시 연락을 취했다. 한송이는 이제 까사 81을 운영하지 않는다고 했다. 까사 81을 운영하면서 좋은 사람들도 많이 만났고 여러 가지 일들이 있었지만, 이제는 좀 더 자신의 작업에 집중할 수 있는 삶을 살아보려 한다고 했다. 원하는 방향으로 살다 보니 조금씩 다른 대안이 떠오르는 것 같다는 한송이는 얼마 전 다시 한국으로 돌아왔다. 스페인에서든 한국에서든 언제나 자신의 뜻에 따라 삶을 살아가고 있었다. 어떤 모습으로 자신의 모습을 그려갈지 사뭇 기대가 된다.

한송이가 추천하는 바르셀로나의 명소

- 보른 지역의 꽃집 '허브' 꽃을 디스플레이하는 감성이 남다르다 했더니 스타일리시한 남자들이 운영하는 꽃집.
- 라발 지역의 **리에라 바이샤 길** 관광객이 많이 다니는 메인 지역을 조금 벗어난 곳에 있는데, 100미터도 안 되는 짧은 골목에 빈티지 샵들이 옹기종기 모여 있다.
- 공장 지대 한가운데 자리잡은 **라쯔마따쓰 클럽** 공장을 개조한 거대한 규모의 색다른 클럽. 여러 개의 홀이 미로처럼 연결되어 있고 각 홀마다 다른 분위기의 음악이 흘러나온다.
- 글로리스 역의 **앤깐츠 앤티크 마켓** 월, 수, 금, 토요일마다 장이 서는데 프랑스나 영국의 앤티크 마켓과는 달리 물건 회전이 굉장히 빠르다.
- **그라시아 지역** 현지인들의 만남의 장소로 미로처럼 좁고 불규칙한 골목들 사이 사이에 있는 작은 숍을 찾아 다니는 재미가 쏠쏠하다.

13

꿈을 찾아 떠난,
한 남자의 케냐 표류기
이승휘

이승휘 _
케냐 사파리 전문 여행사 운영

별다른 정보 없이 여행의 로망만을 믿고 케냐에 오면
실망하는 경우가 허다하다. 그는 케냐에 왔다면 포장되지 않은 자연을,
그 안의 편안함을 느껴보라고 권한다.

"현지인의 마음을 이해하고 우리나라와는 다른
문화적 차이도 가슴에 담을 수 있어야 합니다."

몇 년 전부터 유독 TV에서 아프리카에 대한 이야기가 자주 방송되고 있다. 그 영향 탓인지 지구상의 마지막 낙원이라고 불리는 아프리카 사파리 여행을 꿈꾸는 사람들도 늘어나고 있다. 2007년 5월 KBS 〈인간극장〉 '케냐의 유혹' 편을 통해 마치 모델처럼 잘생긴 한 남자의 케냐 정착 이야기가 큰 반향을 불러 일으켰다. 그리고 이후 발간된 저서 《케냐의 유혹》을 통해 작가로도 이름이 알려지자 그가 한국을 떠난 이유가 초미의 관심거리가 되었다.

케냐에서 신혼집을 차리다

"발전한 만큼 살기 편한 나라가 한국이지만, 한편 끊임없이 치열한 경쟁이 벌어지는 곳도 한국이지요. 그런 것들에서 벗어나보고 싶었고, 떠난다면 최대한 우리나라와 다른 모습의 나라로 가겠다고 생각했어요. 과도한 경쟁을 피하고 마음이 편해질 수 있는 곳. 만일 실패한다고 해도 젊은 나이에 얻을 수 있는 색다른 경험만으로도 충분한 가치가 있다고 생각했거든요."

이승휘. 쉽지 않은 결정을 내리고 케냐라는 낯선 나라로 떠난 그의 이력 또한 예사롭지 않다. 영화에 대한 흥미와 잘생긴 외모로 연기자를 꿈꾸며 잠깐이지만 모델로 활동했으며, 김장훈, 김광진, 조성모, 이승환 등 유명한 가수들의 콘서트 무대에서 조명감독을 맡기도 했다. 이후 영화 〈복수는 나의 것〉 〈지구를 지켜라〉 〈살인의 추억〉 〈청풍

명월〉 등에서 특수분장사로도 활동하였다. 방랑벽을 스스로 제어할 수 없었다는 그가 제일 싫어하는 것은 속박. 직업은 사람의 삶에 있어서 물질적 풍요의 문제가 아닌 정서적 풍요의 문제라고 생각했다. 군대에 가서 강제로 머리를 자르기 전까지 항상 긴 머리를 유지했고, 집시 같은 옷을 입었으며, 정장에 넥타이를 맨 사람들을 답답해했다. 그런 그가 30년 동안 살아온 한국을 떠나기로 결심하고 선택한 곳이 바로 아프리카 '케냐'였다. 한국에서 아버지로 철들어야 할 가장의 미래가 아찔했으며, 자신이 치열한 경쟁사회 속에 마모되어 가는 부속품처럼 느껴지는 게 싫었단다. '결혼해서 함께 케냐에 가서 살자'란 말을 받아들여 첫 신혼집을 케냐에 차린 그의 부인 또한 '부창부수(夫唱婦隨)'가 아닐 수 없다.

케냐로 떠나기 전, 부부가 가진 거라고는 결혼축의금과 혼수품 대신 양가 어른들에게서 받은 3천만 원, '한국 사람은 뭐니 뭐니 해도 밥 힘으로 산다'며 어머니가 안겨주신 압력밥솥이 전부였다. 부부는 이를 바탕으로 사파리 여행사를 차렸다.

"이곳에 오기 전 제 꿈은 훨씬 컸어요. 사바나 초원에 오두막을 짓고 끝없는 평원을 정원 삼아 가족들과 개 한 마리를 데리고 피크닉 다니는 꿈을 꾸었거든요. 여행자들과 함께 사파리를 떠나, 밤이면 오두막 앞에서 불을 피워 고기 굽고 와인 마시는 모습을요."

하지만 현실은 냉철했다. 사업허가증 받아 사업만 시작하면 고난이 보상받을 수 있다고 생각했지만 막상 사업을 시작한 후에도 오랫동안 일거리가 없었다. 사파리 여행사 오픈 후 3개월 만에 첫 손님을 맞았으니 그 마음고생을 어찌 다 말할 수 있을까. 그 시기 첫째아이를 임신한 아내는 누구나 다 먹는다는 칼슘약 하나 먹지 못하고 임신중독에 걸려 온몸이 퉁퉁 부어 있었다. 그렇게 어려움을 극복하며 열심히 노력한 끝에 조금씩 여행사를 알릴 수 있었고, 넉넉하지는 않지만 이들의 형편도 나아지기 시작했다.

케냐에서 조금씩 안정을 찾으며 생긴 그의 유일한 취미는 '산악자전거 타기'이다. 가끔씩 백인들과 그곳 현지인들이 뒤섞여 라이딩을

우리와는 심장 박동수 자체가 다른 아프리카의 문화와 자연을 느끼고,
상상할 수 없는 아름다운 자연의 유혹에 빠져 살아가고 있는 이승휘 씨 가족.

할 때가 있는데, 그럴 때면 본인이 국가대표가 된 것처럼 최선을 다해 달리게 된단다. 그것도 일종의 '한국병'이라고 말하는데, 한국에서라면 절대 뒤지지 않을 체격조건임에도 불구하고 더 크고 우람한 외국인들과 함께하니 마치 국제경기에 임하는 자세로 달리곤 한다. 크게 뒤진 날이면 설욕을 씻기 위해 주중에 혼자 체력훈련까지 할 정도로 조금씩 케냐 생활에 익숙해졌다.

상상할 수 없이 아름다운 자연의 유혹

TV에서 보여준 〈인간극장〉의 모습은 케냐에 도착하여 터를 잡은 지 4년쯤 되었을 무렵이다. 사람들이 그의 모습을 보며 가장 부러워했던 것은 여유로움이었다. 케냐의 수도 나이로비에 있는 한 유럽형 고급 주택가에서 1천 평이 넘는 영국식 정원을 갖고 살며 사파리 전문 여행사를 차려 자유롭게 출퇴근하는 모습, 시간 날 때마다 한 시간 거리의 국립공원 '나이바샤'로 자전거 여행을 떠나 얼룩말과 경주하는 모습은 사람들을 황홀케 했다. 방송뿐만 아니라 그가 쓴 책《케냐의 유혹》을 본 사람들은 그가 운영하는 여행 카페나 홈페이지, 이메일을 통해 격려의 편지를 보내왔다. 대부분 현실을 박차고 나간 그 결단력을 칭찬하는 30대 가장들이었다. 자신보다 훨씬 공부를 많이 한 사람도 있고 훨씬 잘 사는 사람도 있었지만 과도한 경쟁에서 살고 있는, 어깨가 무거운 가장들의 편지는 그의 마음을 아프게 했다.

"어느덧 케냐에 온 지 8년이란 세월이 흘렀어요. 다른 분들이 생각하는 것처럼 크게 성공한 것도 아니며, 반대로 한국에서 살았다고 해서 실패했을 거라 생각할 수도 없죠. 하지만 저는 케냐를 선택했고, 그 선택을 즐기려고 노력해요. 물론 케냐는 제가 한국에서 살아오며 보고 상상하던 30대 가장의 삶보단 여유가 있는 것은 사실입니다. 외국에서의 생활은 한국보다는 덜 짜여진 각본과 같거든요. 나이에 맞는 생활, 나이에 맞는 행동, 지위 등에 대한 제약이 덜하기에, 나이는 말 그대로 숫자일 뿐 원하는 것이나 원하는 일에 대해 도전해 볼 수 있는 기회가 그만큼 충분하답니다. 하지만 반대로 외로울 때도 많아요. 최근 이곳엔 중국인의 수가 크게 늘고 있지만 케냐 인들의 눈에 동양인은 여전히 백인보다 낯선 이방인이거든요. 그들과 완전히 뒤섞여 하나가 될 수 없다고 느낄 때, 한국이 정말 그리워져요. 하지만 우리와는 심장 박동수 자체가 다른 아프리카만의 문화와 자연을 느끼고, 상상할 수 없는 아름다운 자연의 유혹에 빠져 그리움을 달랠 수 있는 곳이 바로 '케냐'이기도 하죠."

문만 열면 집 정원에는 거북이, 카멜레온, 도마뱀, 다람쥐, 뱀 등은 물론 커다란 매부터 코뿔새, 작은 벌새까지 볼 수 있다. 조금만 나가면 캠핑하고 낚시할 곳은 수두룩. 원숭이는 좀 걸리적거린다고 할 정도로 함께 생활해 가고 있으며, 가끔 새벽 운전 시 카멜레온이나 고슴도치 같은 동물들이 도로를 건너는 것도 볼 수 있는데, 아주 느린 동물들이기 때문에 조심해서 피해야 한다. 한꺼번에 도로를 무단횡단하다 목숨을 잃는 경우가 많기 때문이다. 뿐만 아니라 뉴스에서는 코끼리 떼가 시골 마을을 통과하여 마을이 초토화되었다는 소식을 전하기도 한다. 무리에서 쫓겨난 하마가 물을 찾아 헤매다 좁은 하수도에 끼어 옴짝달싹하지 못하게 된 모습들이 TV를 통해 보여지는 것도 다반사. 우리에게는 〈세상에 이런 일이〉에서나 보여질 모습들이다.

물론 동물들 이외에도 케냐는 세계적인 관광지로 자연의 광활함이 눈부시게 아름다운 곳이다. 그중에서도 이승휘는 마사이마라 국립공원과 나쿠루 국립공원, 암보셀리 국립공원을 최고로 꼽는다.

"뭐니뭐니해도 마사이마라 국립공원이 우선으로 꼽힙니다. 7월 ~10월에 벌어지는 누 떼의 목숨 건 이동은 미국 모 방송사로부터 새로운 7대 불가사의로 불릴 정도의 장관을 이루니까요. 그런가 하면 나쿠루 국립공원은 영화 〈아웃 오브 아프리카〉에서 남자주인공이 여자주인공을 경비행기에 태우고 2백만 마리에 육박하는 홍학 떼를 날리는 장면으로 유명하지요. 그리고 산을 좋아하는 한국인들이 유달리 선호하는 곳이 암보셀리 국립공원입니다. 킬리만자로라는 아프리카 최고봉이 위엄을 자랑하죠. 그 앞을 무리지어 지나가는 코끼리 떼 역시 암보셀리의 장관입니다."

그 밖에도 케냐에는 무려 50여 개의 크고 작은 국립공원들이 있다. 광활한 대지와 햇빛과 바람이 가져다주는 자연의 유혹에 빠져 있다 보면 케냐 같은 지상낙원이 또 어디 있을까 싶다. 하지만 개발되지 않았다는 불편함 때문에 생긴 에피소드도 허다하다. 한국의 마라톤 영웅 황영조 감독이 마라톤 대회 관련 일로 케냐를 찾았다가 오지에서 자동차가 심하게 고장 나서 고생했던 것은 물론, 그의 여행사만 믿고 온 13명의 여행객이 남아공에서 비행기에 실은 짐 23개가 모두 들어오지 않아 짐 없이 5박 6일 동안 사파리 여행을 하기도 했다. 옷 한 벌로 아프리카에서 6일 동안 지냈으니 여행객들은 엄청나게 화가 났고, 그 역시 기억하고 싶지 않을 정도로 힘겹게 버텨냈다.

이렇듯 케냐는 아름다운 자연을 가지고 있지만 반면 힘든 여정 때문에 여행자들이 불만을 토로하는 일이 많다. 케냐는 우리가 상상해

왔던 것보다 심리적으로 더 먼 곳이며, 이해 불가능한 일들과 풍경이 매일매일 끊이지 않고 일어난다. 그렇기 때문에 케냐에 대한 정보 하나 없이 단지 여행의 로망만을 믿고 오면 실망하는 경우가 허다하다. 그는 케냐에 왔다면 도시에서 살면서 맛보지 못했던 포장되지 않은 자연을, 그 안의 편안함을 느껴보라고 권한다.

"이곳에서의 희망이란 절대 물질적 희망이 아닙니다. 물질적으로 넉넉한 것을 원한다면 굳이 이곳에 올 필요가 없어요. 부족한 것 천지이고 아무리 돈이 많아도 구할 수 없는 것들이 수두룩하니까요. 그래서 저는 손님들에게 케냐의 진정한 모습을 느낄 수 있는 일정을 추천하는 편이에요. 하지만 아직까지 우리나라 사람들의 취향은 '빨리 빨리 많이 보기'에 치우쳐 있기에 짧은 시간 안에 최대한 많은 지역을 다니려고 해요. 도로 사정이 한국처럼 좋지 않아 오히려 자동차 이동만 하다가 끝나 버리기도 하죠. 케냐에 오시는 분들이 '이곳에 무엇을 보러 왔는가?'

를 생각했으면 해요. 많은 분들이 케냐의 동물들과 아름다운 자연을 보러 오고 아프리카 특유의 정취를 맛보러 옵니다. 하지만 현지인의 마음을 이해하고 우리나라와는 다른 문화적 차이도 가슴에 담을 수 있어야 합니다. 그것이 제대로 아프리카를 보는 방법이니까요."

새로운 문화에서 발견한 행복의 의미

이제는 케냐 사람들의 습성이나 문화 전통 등에 대해서 많이 이해하고 있지만, 아직도 그를 힘들게 하는 건 이들이 미덕이라 생각하는 '폴레폴레(천천히)'다. 세계에서 가장 빠른 걸 좋아하는 한국인이 폴레폴레 문화권에서 사는 것은 절대 쉽지 않은 일. 회사에서 생기는 일 중 하나를 예로 들면, 우리나라는 직계 가족이 사망하는 경우가 아니면 장례식 등을 핑계로 며칠씩 회사를 비우는 것은 어렵지만, 그들은 사돈의 팔촌이 상을 당해도 당당히 회사에 2, 3일씩 안 나온다는 것이다. 그것이 부족사회의 특징이란다. 더구나 조금만 아파도 회사를 나오지 않는 경우는 아주 흔한 일이다.

"그래서 제가 '한국 직장인들은 책상에서도 죽는다'라고 과장되게 설명하면 다들 어이없다는 표정만 지을 뿐이죠. 그들은 치열한 삶을 이해하지 못합니다. 아니면 우리가 그동안 너무 치열하게 살았을 수도 있지요."

약속시간을 지키는 것 자체가 없을 정도로 '폴레폴레'가 미덕인 케냐. 3년 전 이승휘에게 인터뷰 메일을 보냈을 때 케냐에 있다고 하기에는 믿어지지 않을 정도로 바로 답장이 왔는데, 3년이 지난 지금 보름에 걸친 연락 끝에 답장이 왔다. 지방 출장을 다녀왔다는 그는 미안한 듯 "아프리카 사람과 일하기 답답하시죠? 저도 현지인이 되어가나 봅니다"라며 웃어 보였다.

하지만 두 아이의 아빠로서 변하지 않은 것이 있다면 바로 아이들의 '교육'이다. 한국의 평범한 아버지로 철들기 싫어했던 그였지만, 자신을 바라보는 순수한 아이들을 통해 진정한 아빠로 성장하고 있기 때문이다.

경제적으로 여유가 있는 계층이라면 케냐의 교육시설은 훌륭하다. 어린아이들에게 지식을 주입하기보다는 정서 교육이 우선이며, 중·고등 교육 역시 훨씬 좋은 환경에서 이뤄진다. 현재 자녀들이 다니는 유치원에서는 수영과 승마를 가르치며 동물원이나 박물관 같은 곳에 견학도 자주 갈 정도로 모든 교육이 완벽하게 이루어지고 있다. 별도의 미술, 언어, 예능 학원 등은 필요 없을 정도. 더구나 대중매체나 인터넷 등에 노출되어 있지 않기 때문에 또래 아이들의 순수함을 잃지 않는다. 아이들에게 게임에서 이기는 것을 가르치기보다는 과정을 중시하며 다양성을 추구하기에, '모두가 한 방향을 향해 달리지는 않는다'라는 장점을 가졌다. 하지만 '경제적으로 여유 있는 층'이란 조건이 걸려 있기 때문에 그리 부유하지 않은 그로서, 그리고 '한국병'을 완벽히 버리지 못한 아빠로서 아이들의 교육이 현재 그가 가지고 있

"그들은 치열한 삶을 이해하지 못합니다.
우리가 그동안 너무 치열하게 살았을 수도 있지요."

는 가장 큰 고민거리다.

"지내면 지낼수록 고민이 많아지지만, 제가 '케냐'를 선택한 것에 있어서는 절대 후회하지 않아요. 케냐는 저에게 젊은 혈기를 발산할 수 있는 무대이며, 이리저리 부딪치며 경험을 쌓는 특별한 장소인 건 확실하죠. 하지만 불안정한 정치 상황과 늘 위험하다고 알려져 있는 치안, 열악한 의료시설 등 때문에 가족을 데리고 평생 살아야 하는지에 대한 확답을 내리기는 힘들어요. 저를 보면 관광객들이 한결같이 묻는 질문이 있어요. '여기서 계속 살 건가요?' 그럼 저는 이렇게 대답해요. '더디긴 하지만 좀 더 안정적인 가정이 되어가고 있으며 케냐 역시 느리지만 발전하고 있다. 이런 과정이 정점을 찍을 때, 나는 다른 무언가를 다시 찾을 것이다'라고요."

　하나도 가진 게 없어도 자유로움을 느낄 수 있었던 곳 케냐. 남에게 평가되어야 하고 경제적 부가 성공의 잣대로 여겨지는 것이 싫어 또 다른 삶을 찾은 이승휘. 좀 더 인간적인 행복을 찾기 위해 케냐에 온 그는 절반의 성공을 거두었고, 이제 둘이 아닌 네 명의 가족이 되었다. 언젠가 아프리카 모험 결과가 만족스러운 때, 가족들을 위해 케냐와 이별할 수도 있다는 그는 언제나 '경제적 부(富)보다는 따뜻한 가족을 만드는 게 우선'이라는 마음은 변치 않는다. 끊임없는 경쟁과 원하는 방향성을 무시한 채, 한 곳만 보고 달리는 우리에게 그가 들려주는 '행복의 의미'는 지나온 우리 삶을 한 번쯤 돌아보게 한다. '우리는 과연 행복한가?'라는 질문을 던지며.

청춘、 새로운 길을 만들다

청춘,
새로운
길을 만들다

14

그림책으로 풀어나가는
소통의 세상,
그림책상상 천상현

천상현 _
그림책 전문 잡지 《그림책상상》 대표,
홍대앞 북카페 '그림책상상' 운영
imagination.kr

"그림책은 시대와 세대, 그리고 국경을 뛰어넘는 최고의 언어입니다."
그림책이 만화같이 유치한 것이라 생각하는 사람들을 무시하듯
하나의 예술 장르로서 깊이와 전문성, 그 안에 실린
정보성을 통해 관계자들을 놀라게 했다.

"아직 제대로 뿌리내리지 못한 국내 그림책 문화를 바꿔보고 싶었어요.
신진 작가 발굴의 통로가 되었으면 했지요."

마포구 상수동 극동방송국 뒤편 주택가 골목에 2층짜리 작은 출판사가 있다. 나무와 검은 철재를 바탕으로 전면을 유리로 인테리어 한 이곳에서 우리나라 유일의 그림책 전문 잡지가 출판되고 있다. 그림책 잡지라 하니 대부분 어린이 잡지를 상상하게 되지만, 그 대상이 어린이가 아닌 성인이란 점이 눈에 띈다. 벌써 발행한 지 만 4년을 훌쩍 넘겼고, 그동안 출간한 그림책 전문 잡지 《그림책상상》도 11호를 맞이하고 있다.

그림책만 소개하는 계간지 《그림책상상》의 탄생

"우리나라 사람들이 오해하고 있는 것이 바로 그림책은 아이들만 보는 전유물이란 겁니다. 그러나 그림책은 작가의 생각이 녹아 있는 그림으로 사람들과 소통하는 겁니다. 그 대상은 어린이가 될 수도 있지만 어른이 될 수도 있지요. 또한 그림책은 시대와 세대, 그리고 국경을 뛰어넘는 최고의 언어입니다. 피카소의 그림이 세계 어디에서나 통하는 것과 같은 이치예요."

《그림책상상》을 이끌고 있는 상출판사 천상현 대표의 말이다. 출판 디자이너였던 그가 그래픽 디자인회사에서 출발해 창작 그림책으로 관심을 돌릴 수 있었던 건 '볼로냐 아동도서전'을 통해서였다. 세계의 다양한 그래픽 시장을 엿보고자 참관했던 볼로냐 아동도서전에서 그는 세계적인 작가들의 그림책을 보며 넋을 놓고 말았다. 그리고 그림책에 자기의 생각을 담아내는 작가들을 만나면서 우리나라도 '그림책=어린이 도서'라는 공식에서 벗어나야 한다고 생각했다.

이 색다른 경험을 통해 천상현 대표는 우리나라 창작 그림책 시장도 바뀔 수 있다는 희망을 가지고 전문 그림책 잡지를 추진해 나갔다. 하지만 진행은 생각만큼 순조롭지 않았다. 관계자들 모두 "우리나라 시장에선 아직 시기상조"란 이야기를 했고, 출판되더라도 누가 사보겠냐는 의견이 대부분이었다. 이런 외면 속에서도 그는 자신의 소신을 굽히지 않았다. 어렵사리 필진을 꾸리고 스스로 자비를 들여 1년여 동안 기획하고 직접 원고를 쓰고 사진을 찍기 위해 해외 취재까지 감행했다. 주요 독자층을 작가, 기획자, 출판사 등 전문 종사자들에게 맞추긴 했지만, 그림이라는 쉬운 언어를 통해 남녀노소 누구나 접할 수 있고 국내뿐만 아니라 해외 그림책 관련 소식과 정보를 다양하게 접할 수 있도록 구성했다. 또한 집중 기사를 통해 그림책의 역사·문화 및 우리가 만나보지 못했던 해외 그림책을 소개했다. 사람들이 가지고 있는 그림책에 대한 제한적 시선의 방향을 돌려주고자 하는 의도에서였다. 그리고 마지막으로 신인작가가 만든 참신한 창작물을 특별부록으로 삽입하여 국내 기획자와 출판사의 연결을 좀 더 원활히 하고자 노력했다.

"아직 제대로 뿌리내리지 못한 국내 그림책 문화를 바꿔보고 싶었어요. 이를 계기로 창작 그림책의 활성화와 신진 작가 발굴의 통로가 되었으면 하는 마음이 가장 컸지요."

그렇게 탄생한 것이 110쪽 분량의 계간지 《그림책상상》이다. 광고 하나 없이 그림책 원화로 대체하며 2천 부를 찍었고, 제호는 그림책 의 선입견을 버리고 창작의 중요성을 부각하고 싶어 '그림책상상'으 로 지었다.

2008년 1월 새해의 시작과 함께 발행된 《그림책상상》은 예상 밖으 로 반응이 좋았다. 시기상조라던 잡지가 2천 부 모두 완판된 것. 그림 책은 만화같이 유치할 것이라 생각하는 사람들을 무시하듯 하나의 예 술 장르로서 깊이와 전문성, 또 그 안에 실린 정보성을 통해 관계자들 을 놀라게 했다. 이어 그는 소통의 장을 만들고자 출판사 사옥 1층을 그림책 북카페로 만들었다. 그리 크지 않은 공간이지만 2천여 권의 각국 원서 그림책을 구비해 놓았고 작가 지망생을 위해 '더미북' 코너 를 준비하여 출판 관계자와 일반인들이 볼 수 있게 꾸몄다. 여기에 카 페를 전시공간으로 활용, 작가들의 소개나 그림책 신간을 볼 수 있도 록 벽면과 한쪽 테이블을 무료로 대여했다. 또한 창작 작가의 그림책 출간 기념회나 특별한 원화 전시를 위한 갤러리로 활용도를 높였다. 원하면 그림책 구입도 가능하지만, 꼭 구입하지 않아도 차 한잔 마시 며 세계적인 원화와 국내 창작 그림을 마음껏 구경할 수 있는 시스템 때문인지 카페 '그림책상상'은 조금씩 입소문이 나면서 인기를 얻기 시작했다.

그림책 창작은 무궁무진한 가능성의 시장

하지만 광고 없이 잡지책을 만든다는 것은 쉬운 일이 아니었다. 개인으로 출발했지만 여러 사람들이 함께 참여하여 기획하고 차원 높은 기사를 완성해 나가기 위해 경제적인 지원이 시급한 상황이었다. 그때 'CJ 문화재단'에서 1호에 대한 가치를 높이 평가하며 손을 잡고 일을 함께 도모하자고 제의했다. 그림책 문화를 더욱 확산시키기 위해 다양한 매체와 접목, 전시나 공연으로 이루어진 볼거리를 제공하자는 창작 그림책에 대한 생각이 통했다.

"그림책상상을 시작하면서 'CJ 문화재단'과는 남다른 인연을 만들

'그림책상상'의 북키페 전경

었던 것 같아요. 무엇보다 'CJ문화재단'에서 주최하는 'CJ그림책축제' 사무국 역할과 행사 프로그램을 기획하게 된 점이 가장 큰 경험이었습니다. 또한 이를 통해 많은 외국 출판사를 작가와 연결시킬 수 있었고, 잡지 인터뷰를 하면서 북카페를 알리는 기회도 얻었으니까요."

하지만 안타깝게도《그림책상상》은 계간지에서 반년간지로 바꾸게 되었다. 독자들의 호응도는 높았지만, 편집진이 계간을 진행하지 못할 만큼 경제적으로 어려워졌고, 이에 따라 적은 인력으로 다양화된 기획을 뒷받침하기 힘들어졌다.

사실 국내 창작 그림책 시장이 이렇듯 힘든 과정을 걷고 있는 반면 국내 그림책 시장은 포화상태라는 것이 문제다. 엄마들 입장에서는 누구나 그렇듯 세계적으로 인정받은 그림책 작가의 도서나 세계적인 도서전에서 상 받은 책을 선정 기준으로 꼽는다. 그래서 우리에게 익숙한 외국 그림책 작가들은 꽤나 많다. 앤서니 브라운, 존 버닝햄, 제롬 뤼예, 마르쿠스 피스터 등. 하지만 인지도 높은 우리나라 그림책 작가는 많지 않다.

"바로 그게 문제입니다. 프랑스는 19세기에 어린이 도서관의 그림책 예산을 따로 책정했을 정도로 그림책 역사가 길고, 가까운 일본만 해도 60년 이상 그림책 작가의 역사를 가지고 있지만, 우리나라는 이제 출발선이라고 할 수 있거든요. 반면 국내 그림책 시장은 다양한 통로를 통해 상을 받은 작품들이 마구잡이로 번역, 출판되면서 국내 창작 그림책이 설 자리는 더욱 줄어들 수밖에 없으니까요."

외국에서는 우리나라의 자동차, 전자제품 이상으로 창작 그림책을 아주 중요한 산업적인 측면으로 보고 있다. 조앤 K.롤링의 《해리포터》의 예에서 볼 수 있듯 한 작가의 창작물이 국가의 문화와 관광, 영화 등 다방면의 산업으로 연결될 수 있다. 때문에 우리나라에서도 좋은 창작물에 대한 지원의 저변 확대가 매우 중요하다. 이것이 바로 천상현 대표가 국내 창작 그림책 작가에게 관심 갖는 까닭이기도 하다. 또한 언어가 필요 없고, 시대까지 초월할 수 있는 그림책의 위력을 알기에 어느 분야보다 무궁무진한 가능성이 있는 시장임을 그는 강조한다.

　"하지만 아직도 국내 창작 그림책이 부족한 건 사실이에요. 예전과 달리 일러스트레이션은 기하급수적으로 늘어났지만 자신의 고민과 생각을 이야기로 만들어 글과 그림으로 풀어나가는 창작 작가는 손으로 꼽을 정도밖에 되지 않거든요. 그림책 작가를 쉽게 알고 도전했다가 그만두는 유명 일러스트레이션 작가들도 의외로 많았어요. 외국의 경우 최고의 그림책 작가로 꼽히는 인물도 1년에 200개 이상 습작하면서 출판하는 것은 2~3개일 정도로 다작을 통해 스스로를 연습시켜 나가요. 하지만 우리나라 그림책 작가는 출판사를 찾아올 때 스토리 하나도 제대로 완성시키지 못해 오는 경우가 허다합니다. 전래동화를 짜깁기하는 그림책 수준이 아닌, 스토리가 있고 작가의 생각이 녹아 있는 창작 그림책을 완성하는 것이 그만큼 힘들고 어렵다는 겁니다."

　또한 출판사가 창작물에 대해 적극적으로 투자하지 않는 것도 문제다. 이익을 추구하는 출판사는 안정적인 기획출판에 좀 더 집중하기 때문이다. 그가 《그림책상상》에 신인작가의 창작물을 특별부록으로 삽입한 것도 우리나라 실정을 반영, 무엇보다 신진 작가 발굴의 통로를 마련하기 위함이었다. 다행스러운 건 《그림책상상》을 통해 발표된 신인작가의 작품 중 여러 작품이 출판 계약이 되어 빛을 볼 수 있었다.

그중에서도 2011년 6월에는 그의 출판사에서 발굴한 강혜숙 작가의 《꼬리야? 꼬리야!》 책이 프랑스 도서관에서 상을 받는 쾌거를 이루기도 했다. 프랑스 북동쪽에 위치한 쌩꾸엔띤 지역 도서관에서 주는 PNI상을 받은 것. 2010년 스위스 제네바에서 시상하는 'prix p'tis momes'에서 아이들이 직접 고른 최우수 그림책상을 받은 것에 이어진 두 번째 성과다. 프랑스 휘드몽드 출판사에 번역 출판되어 불어권 지역에 보급된 지 2년 만에 세계의 아이들에게 우리 창작 그림책을 널리 알리게 된 자랑스러운 결과였다.

세계적인 그림책 작가 발굴을 위한 꿈

잡지의 발행 횟수를 줄일 정도로 《그림책상상》을 이끌어가는 것이 쉽지 않지만, 천상현 대표의 신념은 바뀌지 않는다. 프로그램의 활성화 속에 국내 창작 그림책 시장이 한 단계씩 성장하고 있다는 생각에 아직도 마음이 설레기 때문이다.

이런 다각적인 노력에 뜻을 같이하는 사람들이 하나둘 늘어난 것만

봐도 그가 바라보는 창작 그림책의 성장은 꽤나 긍정적이다. 'CJ그림
책축제'가 가장 큰 성과였지만 그 밖에도 '한국일러스트레이션학교
(힐스)'에서 포스트 프로그램을 맡아 진행했을 때도 긍정적인 희망을
보았다고 한다. 더구나 그림책 카페가 주변에 하나둘 생겨난 것도 그
림책상상이 좋은 영향을 준 것이 분명하다는 건 누구나 인정하는 사
실이다.

  그림책 전문 잡지를 기획하며 뛰어든 지 어느덧 6년. 빠르게 바뀌
고 있는 미디어 시장은 이제 무시할 수 없는 독자와의 연결통로가 되
었고, 그도 진화해 가는 창작 그림책 시장을 만들어가기 위해 고군분
투하고 있다.

"창작 그림책을 책에 국한된 콘텐츠로 보는 것이 아니라 시대에 맞게 미디어와 접목되어 많은 창작물이 독자들에게 더 좋은 형태로 사랑 받기를 바라고 있습니다. 최근에 제가 하고 있는 작업은 그림책 단편 애니메이션이란 작은 시도입니다. 그림책의 수준 높은 원화를 그대로 살려서 동작을 구현하고 좋은 음악과 연출기법을 접목하여 보다 많은 사람들이 손쉽게 즐길 수 있도록 하는 것입니다. 이렇게 여러 기법과 접목할 수 있는 것이 그림책의 시각적인 장점인데 영상물의 제작은 국내 시장에만 국한되지 않으니, 더욱 가능성이 있다고 생각합니다."

모바일을 통한 영상물 보급도 한 방편으로, 스마트폰 등 다양한 디스플레이 기기를 통해 좋은 그림책 콘텐츠를 언제 어디서나 즐길 수 있도록 제작하려고 한다. 그러기 위해서 우선 그는 질 좋은 콘텐츠 완성에 박차를 가하고 있다.

혁신과 도전으로 애플을 지배한 괴짜 '스티브 잡스'는 "항상 갈구하라. 바보짓을 두려워하지 말라(Stay hungry, Stay foolish)"는 명언을 남겼다. 우리나라에서 외국 창작 그림책이 아니면 살아남지 못한다는 편견을 깨고, 소위 '바보짓'을 시작했던 천상현 대표. 지금도 어려운 여건 속에서 우리나라 창작 그림책 시장을 발전시키고, 국내뿐만 아니라 세계적인 그림책 작가를 발굴하는 꿈을 펼치고 있다. 그의 이런 '갈구'로 인해 언젠가는 세계 최고의 창작 그림책을 만들어내는 근원지로 '대한민국'을 꼽는 행복한 미래를 기대해 본다.

15

클래식 음악계의 이단아,
현악사중주단 콰르텟엑스
조윤범

조윤범 _
바이올리니스트, 현악사중주단 콰르텟엑스 리더
quartet-x.com

그가 얘기해 주는 위대한 작곡가들의 명곡 탄생 비화나
확 깨는 얘기, 비극적인 사생활 등은 마치
연예인이나 명사의 가십마냥 재미있다.

"저는 작곡가에 대한 정보를 주고 곡을 해석하는 것이 전통적인
연주의 첨가물이 아니라, 당연히 있어야 할 배려와 친절이라고 봐요."

슈베르트는 연애담이나 스캔들이 거의 없다시피 했는데, 그 이유는 '너무나 음악을 사랑해서 여자에게 관심을 두지 않고 창작에만 열중했기 때문'이 아니다. 실은 그는 너무나 지저분했고 유행에도 관심이 없었으며, 자신의 얼굴이 못생겼다고 생각했고 주위 사람들도 그것을 인정했다. 즉, 그에게는 자연스럽게 음악에만 열중할 수 있는 환경이 만들어진 것이다. 이런 '확 깨는' 얘기를 해주는 사람이 있다.

그 어디에서도 들을 수 없었던 클래식 얘기

클래식 음악계의 이단아로 불리는 현악사중주단 '콰르텟엑스'의 리더이자 바이올리니스트인 조윤범은 클래식 음악 해설 프로그램 〈파워 클래식〉의 진행자로 유명하다. 클래식 해설 프로그램이라니 듣기만 해도 지루하다, 라고 생각했다면 오산이다. 일단 한 번만 보고 듣게 되면 또 다른 이야기가 궁금해진다. 진행 도중 그가 얘기했던 바로 그 음악을 찾아 들어보고 싶은 마음에 귀가 간질거리는 것은 물론이다. 게다가 입담과 표현력도 얼마나 좋은지, 그가 얘기해 주는 위대한 작곡가들의 명곡 탄생 비화나 확 깨는 얘기, 비극적인 사생활 등은 마치 연예인이나 명사의 가십마냥 재미있다. 멘델스존이 음악계의 꽃미남이었고, 슈만이 잡지사 사장이었다는 사실을 얘기해 주는 음악 선생님은 없었으니까. 그리고 더 신기한 것은 바흐, 베토벤, 모차르트, 슈만, 차이코프스키의 매우 인간적인 사생활 얘기를 들으며 공감하다가 슬그머니 클래식을 다시 듣게 된다는 점이다.

이렇게 지금껏 그 어디에서도 들을 수 없었던, 아무도 얘기해 주지 않던 클래식 얘기를 전하는 조윤범은 연주자를 작곡가와 관객 사이에 다리를 놓는 마케터로 이해한다. 클래식 음악이 재미없다고 생각했다면, 그건 아직 진짜 멋진 경험을 하지 못했기 때문이라고 그는 확신한다. 그래서 '마케팅적인' 관점에 입각, 보수적인 클래식 음악계에서 좀처럼 하지 않는 파격적인 모험을 감행하기 시작했다. 우선 무슨 무슨 협주곡 1번처럼 암호 같은 곡에 '꿀벌'이나 '팝콘'처럼 곡의 특징과도 어울리고 기억하기도 쉬운 이름을 붙였다. 그리고 무대에 서면 바이올린을 잡기 전에 마이크를 먼저 잡고, 작곡가들이 어떤 상황에서 무슨 곡을 썼는지, 그리고 그의 인생이 어떠했는지에 대해 특유의 입담으로 재미나게 이야기를 풀어낸다. 그 위대한 작곡가들이 조윤범의 해설 속에서 무장해제되는 순간, 클래식은 소녀시대나 2PM만큼이나 친근해진다.

"음악은 대화예요. 사람을 만나면 자기소개를 먼저 하고 대화를 시작하는 게 맞는 거 아닌가요? 만나자마자 본론만 얘기하고 가는 것이 오히려 더 특이한 일이죠. 저는 작곡가에 대한 정보를 주고 곡을 해설하는 것이 전통적인 연주의 첨가물이 아니라, 당연히 있어야 할 배려와 친절이라고 봐요."

그렇게 시작한 〈조윤범의 파워 클래식〉의 반응은 처음부터 뜨거웠다. 극동아트 TV의 간판 프로그램으로 등극한 〈조윤범의 파워 클래식〉은 베토벤을 시작으로 차이코프스키, 말러, 드뷔시, 스트라빈스키, 윤이상 등을 망라하며 명실공히 클래식의 대중화를 이끌었다. 방송의 인기에 힘입어 같은 제목의 책 《조윤범의 파워 클래식》도 두 권 출간했다.

"많은 사람들이 〈조윤범의 파워 클래식〉을 보았다는 것은 클래식이 대중화되었다는 뜻입니다. 그렇다고 제가 듣기 쉬운 음악이나 사람들이 선호하는 음악만 들려주는 것은 아니에요. 전공자들도 잘 모르는 진짜 클래식을 들려주며 클래식을 대중화하는 거죠."

현악사중주단 콰르텟엑스의 탄생

그가 이끄는 콰르텟엑스는 두 개의 바이올린과 한 개의 비올라와 한 개의 첼로, 이렇게 네 개의 악기로 구성되는 현악사중주단이다. 즉 클래식에서도 아주 정통적이고, 대중적이지 않으며, 잘 듣지도 않고, 제일 어려워하는 곡들이 다 몰려 있다는 뜻이다.

"현악사중주로 팀을 꾸리는 일은 드물죠. 그러나 실제로 현악사중주 곡을 접해보면 너무 좋습니다. 이게 진짜라는 생각이 들 정도로요. 저희는 제일 어렵고 대중적이지 않다고 여겨지는 현악사중주로 클래식을 대중화하겠다고 나선 거죠."

현악사중주단 콰르텟엑스의 결성은 여덟 살에 바이올린을 시작해 대학 4학년 때 음악을 관두기로 마음먹었던 조윤범을 다시 돌려 세운 중요한 터닝포인트였다. 문헌정보학부터 영화 음악 편곡, 웹 디자인, 편집 디자인, 악보 제작, DB 프로그래밍 등 어려서부터 워낙 다양한 분야에 관심이 많았던 그는, 한때 음악을 관두겠다 마음먹고 연주자로서의 삶과 관계없는 사업에 골몰해 있었다.

현악사중주로 클래식을 대중화하는 콰르텟엑스.

조윤범은 제도권 교육 입장에서 볼 때 청개구리 같은 학생이었다.

"고등학교 땐 국영수만 중요하게 여기면서 제가 사랑하는 음악을 그냥 '실기' 과목으로 분류하고 있다는 사실이 정말 어이가 없었어요. 그래서 연습만 하겠다고 책가방 대신 악기를 들고 다녔죠. 근데 막상 음대에 들어가니 이젠 책을 아예 놓고 연습만 시키는 거예요."

학교에서 하라는 것은 죽자고 안 하는 학생이던 그는 막상 대학에 진학하자 연습은 제쳐두고 인문학과 철학 강의만 들으며 도서관에 박혀 살았다. 그렇게 지내던 대학 시절, 4학년 2학기 전공 실기 시험을 보러 갔다가 문앞에서 돌아나오며 '음악이 내 길이 아닌 것 같다'는 생각을 한 이후, 갖가지 사업을 전전하며 하고 싶은 것은 다 하고 살았다. 모든 일에 열정적으로 덤벼들고 일 벌이기 좋아하는 천성 덕에 인터넷 영화 잡지 《플레이어》 창간을 비롯해 악보 출판사인 '할무트'와 편집 디자인 회사를 운영하기도 했다. 애니메이션 〈공각 기동대〉를 좋아하고 아이폰과 맥북을 끼고 다니는 터라 다시 바이올린을 잡지 않았다면 프로그래머가 되었을지도 모를 만큼 IT 분야에 관심도 높았다. 취미가 '자신의 모든 것을 DB로 만들기'라니 말 다했다. 물론 이 모든 경험은 현악사중주단 콰르텟엑스의 운영 방식에 고스란히 드러났다.

바이올린 활을 꺾었던 조윤범의 발길을 다시 돌리게 한 것은 오케스트라에 참여하지 않겠냐는 친구의 제안이었다. 다시 음악에 살짝

'발을 걸쳤다가' 연주자로서의 열정이 되살아난 그는 뜻이 맞는 동료를 만나 연주회는 하지 않고 오로지 '연습만 하는' 현악사중주 팀을 구성하기에 이르렀다.

"팀을 결성해 연습만 하고 연주회를 안 하겠다고 했더니, 처음엔 사람들이 황당해했죠. 그럴 거면 뭐 하러 팀을 만드냐고. 그렇지만 저는 연주회를 위해 기껏해야 4~5곡 정도 연습하고 흩어지는 일을 많이 봤기 때문에, 몇 년간 모든 곡을 경험해 본 다음에 데뷔하거나 연주회를 해도 늦지 않다고 생각했어요."

그렇게 수많은 곡을 연주해 보다가 드디어 베토벤 현악사중주 전곡을 연습하면서 그는 다짐했다. 이제는 음악을 평생 해야겠다고.

저녁에 와퍼 먹고 오페라 보러 가는 날까지

콰르텟엑스는 2000년에 결성했지만, 무수한 연습을 하며 기량을 닦아 2002년이 되어서야 데뷔 무대를 가졌다. 그 사이 몇 번 팀 이름을 바꿔야 했지만, 콰르텟엑스로 최종 낙점하면서 내친 김에 음악 기호 '더블 샵'을 상징하는 X 마크를 내세운 로고도 만들었다. 공연 포스터 역시 연주자 얼굴로 도배하는 전형적인 클래식 포스터가 아니라록 밴드인지 현악사중주단의 것인지 알 수 없는 팝아트 스타일로 디자인했다. 콰르텟엑스 웹사이트를 비롯해 포스터와 로고 디자인은 한때 미대냐 음대냐를 두고 고민할 정도로 디자인에도 재주가 많은 조

콰르텟엑스는 하루에도 몇 차례씩 전국 방방곡곡으로
이어지는 스케줄을 소화하고 있다.

윤범의 작품이다. 콰르텟엑스의 방송 진출은 스티브 잡스의 키노트 덕분(?)에 이뤄졌다.

"예술의 전당 앞에 있는 실내악홀에서 기획 연주를 하던 시절이었는데, 스티브 잡스가 키노트로 프레젠테이션 하는 걸 보는 순간 '아, 저거다' 싶었어요. 그 길로 키노트를 이용해 음악 강의를 해야겠다 마음 먹고는 막 새로 나온 맥북을 구입했죠."

키노트를 이용한 음악 해설과 연주가 이루어지는 콰르텟엑스의 공연을 눈여겨본, 당시 예당아트 TV의 제안으로 시작된 것이 바로 〈조윤범의 파워 클래식〉이다. 콰르텟엑스는 이제 1년에 250~300회의 연주회를 가질 만큼 국내에서 제일 잘나가는 클래식 연주 팀으로 성장했다. 하루에도 몇 차례씩 전국 방방곡곡으로 이어지는 스케줄을 소화해 내는 통에 안 가본 곳이 없을 정도다.

지금까지 밟아온 '파격적인' 행보를 두고 보수적인 클래식 음악계의 반응이 어땠을지 궁금했다.

"선배님들이 별로 좋아하지 않으실 거라 생각했는데, 예상 외로 굉장히 호의적이었어요. '우리가 하고 싶었던 걸 네가 한다'며 격려해 주시는 분이 많았죠."

앞으로 뭔가 폭발적인 일을 하나 벌일 계획인데, 기대는 해도 좋지만 비밀이라고 했다. 아이폰과 아이패드를 비롯한 IT 분야와 클래식의 접목에 관심이 많아, 조만간 아이폰에서도 콰르텟엑스를 만날 수 있지 않을까 싶다. 그가 꾸미는 꿍꿍이들은 앞으로 '아이팟에 클래식 음악을 채운 뒤 출근길 지하철에 타고, 조깅할 때도 파워송으로 웅장한 심포니를 듣고, 저녁에 불고기 와퍼를 먹은 후 오페라 보러 갈' 정도로 클래식이 대중 가요만큼이나 친근해지는 날까지 계속될 것 같다.

16

디자인으로 농사짓는,
친환경그룹 공장
박현정

박현정 _
디자인 스튜디오 '공장' 대표
gongjangs.com

'공장'이란 이름을 달고 생산되는 제품들은
재생지를 사용하고 콩기름 잉크로 인쇄한다.
친환경 디자인은 전 과정에서 환경을 고려하는 디자인으로,
인간의 편의만을 위한 이기적인 디자인의 반대말이다.

Art & Design Works
gongjang

"저희가 지향하는 디자인은 트렌디한 것과는 거리가 멀 수도 있어요.
그러나 하고 싶은 것을 진심으로 하다 보니
사람들도 그 마음을 이해해 주는 것 같아요."

접착제 대신 실로 박음질한 연필 케이스, 환경을 위해 할 수 있는 일들이 가득 담긴 다이어리, 자투리 종이를 모아 만든 메모지, 과대 포장을 막기 위한 태그, 자투리 종이로 만든 명함, 사용 후 지갑으로 사용할 수 있는 달력의 공통점은? 환경을 생각하는 디자인 그룹 '공장'이 만든 제품들로서 낭비를 줄이고, 재활용 소재를 사용해 친환경적인 방법으로 만들어졌다는 점이다.

지구를 생각하는 착한 디자이너

환경 친화적인 방법으로 문구를 만드는 디자인 스튜디오 '공장(Gongjang)'. 공장이란 이름은 '공장(工匠: 공방에서 쓸모 있는 물건을 전문적으로 만드는 사람)'과 '공장(工場, factory: 물건을 생산하는 곳)'이라는 뜻에서 붙인 이름이다. 그러나 매우 거칠고 산업적인데다 대량 생산의 냄새를 물씬 풍기는 이름(?)과는 달리 '공장'이 하는 일은 친환경적인 디자인과 제작이다. '공장'이란 이름을 달고 '생산'되는 제품들은 우선 재생지 등 에콜로지 페이퍼를 사용하고, 버리는 부분이 나오지 않도록 종이의 규격을 최대한 활용해 재단한 뒤 콩기름 잉크로 인쇄한다. 또 공정 상 자투리 부분이 생기면 버리지 않고 명함이나 메모지 등 다른 쓰임을 갖게 해주기도 한다. 공장은 제작 과정 자체를 친환경적으로 디자인하는 것 외에, 노트나 다이어리 위에서도 친환경 캠페인을 벌이고 있다. 예를 들어 펭귄과 북극곰처럼 멸종 위기에 처한 동물을 표지에 내세운 노트나, 재생지로 만든 'help me' 메모지는 쓸수록 북극곰이 서 있는 빙하의 크기가 줄어드는 모양으로 디자인해서 보금자리가 사라져가는 북극곰의 급박한 상황을 느끼게 해준다. '북극곰을 살려주세요'라는 문구를 직접 쓰는 것보다 더 경각심을 느끼게 하는 아이디어다.

또 각 제품에는 '콩기름 잉크로 인쇄했습니다', '폐지 재활용은 톤당 30년생 나무 17그루를 살릴 수 있습니다' 등 제작 과정이나 취지를 담은 메시지를 간단히 적어 잠깐이나마 환경 문제를 함께 고민해볼 수 있는 여지를 두었다. 공장을 소개하기 전에 위기에 처한 북극곰을 위해 우리가 할 수 있는 일들을 잠깐 짚고 넘어가면 다음과 같다. 자동차 이용 줄이기, 음식물 남기지 않기, 사용하지 않는 전자 제품 꺼두기, 에너지 효율이 높은 제품 사용하기, 실내 온도 알맞게 조절하기, 온수 사용 줄이기, 일회용품 사용 줄이기, 과대포장 제품 구매하지 않기…… 사실 이 모든 항목들을 몰라서 실천하지 않는 사람은 없을 것이다. 다만 그 절박함을 얼마나 가슴 깊이 느끼느냐에 따라 실천 여부가 결정될 뿐이다.

공장은 원래 친구 사이였던 박현정, 장지나가 월드컵이 한창이던 2002년 어버이날 홍대 앞에서 카네이션을 팔면서 시작되었다. 이날 장사는 8만 원 정도의 이익을 남겼고, 둘은 그 돈으로 한글을 모티브로 한 작은 노트를 만들어 외국인에게 팔아볼 궁리를 했다. 박현정의 말에 따르면 처음부터 사업을 하겠단 마음으로 시작한 일은 아니었다고 한다. 그저 자신의 그림을 이용해 노트를 한번 만들어보고 싶다는 소박한 마음으로 벌인 작은 프로젝트였다.

"지금 생각하면 부끄러운 디자인이지만, 그때는 정말 열심히 만들었어요. 마침 제가 아는 사진가의 전시 디스플레이를 도와드리러 갔다가 아트선재미술관 관계자가 제품을 봤고, 운 좋게도 그곳에 입점할 수 있었죠. 그렇게 시작된 인연으로 여러 종류의 수작업 노트를 만들었고, 곧 디자인 쇼핑몰에서도 판매하게 되었어요."

공장이라는 매우 개성 있는 이름은, 실은 그때만 해도 굉장히 멋진 이름을 다시 지을 수 있을 거라 확신하고 임시로 붙인 이름이었다.

"이렇게 오래할 줄 알았으면 다른 이름으로 할 걸 그랬어요. (웃음) 거래처에선 아직도 무슨 공장이냐고 물어보세요." 지금은 함께 시작했던 장지나가 그만둔 이후, 대표를 맡고 있는 박현정을 중심으로 환경에 관심이 많은 디자이너들이 모여 '공장'을 굴려가고 있다.

디자인·제작 전 과정에서 환경을 고려하다

공장이 처음부터 친환경 디자인을 지향했던 것은 아니었다. 그저 자연스러운 느낌을 좋아했던 '취향'이 친환경 디자인의 시작이라면 시작이었다. 그러던 어느 날 환경 운동가 대니 서의 다큐멘터리를 보고 마음이 움직였고, 오래 전부터 친환경 디자인 운동에 앞장 서고 있는 윤호섭 국민대 교수의 강의를 듣고는 대학원에서 '그린 디자인'을 공부하기로 마음먹었다. 앎이 더해갈수록 디자이너의 역할에 대한 성찰과 고민도 늘어만 갔다.

"처음엔 환경 문제에 대한 인식이 별로 없었으나, 환경을 고려하면서 디자인을 하다 보니 자연스럽게 환경 문제에도 관심을 갖게 되었죠. 그러면서 제 인생의 주제가 달라지기 시작했어요. 솔직히 지금은 어떤 심정인가 하면, 제품을 꼭 만들어야 할까, 새로운 노트가 꼭 필요할까, 라는 생각마저 들어요. 예전에는 친환경적인 공정으로 만든 제품을 통해 사람들의 의식을 바꿔보고 싶었는데, 어떤 면에선 그것

디자인과 제작 전 과정에서 환경을 고려하는 '공장'의 제품들.

도 소극적인 방법이 아닐까 싶기도 하고요."

공장의 첫 작품은 재생신문 연필이었다. 지금은 다른 곳에서도 재생신문으로 만든 연필이나 볼펜을 많이 내놓고 있다.

"대부분의 사람들은 재생신문이라는 연필의 소재를 굉장히 흥미로워하지만, 실은 제가 고심해 디자인한 것은 연필 패키지예요. 연필 다섯 개가 들어가는 이 패키지를 재단한 상태에서 살펴보면, 종이 한 장에 패키지 두 개가 들어가고 자투리 공간에는 책갈피 두 개와 두 명분의 명함을 찍을 수 있을 만큼 여분이 생겨 필요한 사람들에게 명함을 찍어주고 있어요. 제 입으로 말하긴 쑥스럽지만, 그 후 공장의 베스트 프로모션 상품이 되었고 지난해 창원에서 열린 국제적인 환경 회의 람사르 총회 때도 사용되었답니다."

종이 재단 과정에서 어쩔 수 없이 생기는 자투리 공간을 이용해 명함을 무료로 만들어주는 공장의 '명함 프로젝트'는 꽤 유명한데, 제작 의뢰는 메일로 할 수 있지만 직접 방문해서 찾아가야 한다. 물론 색이나 종이 질 등이 완전 '랜덤'이지만 신청자들이 줄을 잇는다. 처음엔 무료로 명함을 찍어줬지만 찾아가지 않는 사람도 생겨나 이제는 신청비 명목으로 약간의 비용을 받아 전액 기부하고 있다.

'공장'은 자매 그룹이라 할 수 있는 '농장'도 하나 가꾸고 있다. 환경에 대해 고민하는 디자이너들이 모인 프로젝트 그룹 '농장'은 디자인하는 행위를 농사짓는 것으로 보고, 디자이너에게 밭을 분양해 가꾸게 한다는 의미에서 지은 이름이다. 본래 친환경 제품 제작을 위해 시작했으나, 함께 모여 워크숍도 하고 의견을 나누면서 실제로 적용할 수 있는 디자인을 모아 전시회 '−1'도 열게 되었다. '−1'은 '없애다, 줄이다, 나누다, 다시 생각하다' 등의 의미로 쓰이는 농장의 키워드. 첫 번째와 두 번째 전시회에서는 자가 발전 자전거를 굴리면 불이 들어오는 재활용 의자 트리, 전구 모양의 초, 지문을 찍어서 나무를 만드는 약속 카드, 여러 번 쓸 수 있는 서류 봉투 등을 전시했다. 또 종이 회사와 함께 기획한 세 번째 전시회 '잠자는 종이를 깨우다'는 못쓰게 된 종이를 이용해 환경 메시지가 담긴 디자인을 선보였다. "농장을 가꾸다 보니, 도와주시는 분들도 생기더라고요. 저는 좀 더 다양한 분야의 디자이너들이 함께했으면 좋겠어요."

불필요한 것을 빼는 디자인

공장은 지금까지 친환경적인 방법으로 문구를 만들기 위해 무던히 애써왔지만, 우리나라는 아직 친환경적인 방법으로 제작해 주는 곳과 소재가 다양하지 않아 항상 곤욕을 치루고 있다.

"우리나라는 아직 제작하는 곳과 소재가 다양하지 않아 어려움이 많아요. 저희는 디자이너이기 때문에 환경적인 소재를 개발하는 것은 아직 무리인데요. 최대한 환경적인 소재를 찾으려고 노력하지만 어려움이 많습니다. 한번은 인쇄소에 콩기름 잉크를 권해드렸는데, 귀찮

다는 반응을 보일 줄 알았던 사장님이 식용유를 사와서 인쇄해 주셨어요. 아주 완벽하진 못하지만 '그래도 조금 더' 환경적인 쪽을 택하려고 합니다."

처음부터 끝까지 친환경적인 방법을 생각해 내고, 더하는 디자인이 아닌 빼는 디자인을 추구하다 보니 이제는 아예 습관이 되어 불필요한 부분을 덜어내는 일에 희열을 느끼는 정도가 되었단다.

"저희가 지향하는 디자인은 트렌디한 것과는 거리가 먼 것 같네요. 그러나 하고 싶은 것을 진심으로 하다 보니 사람들도 그 마음을 읽어 주는 것 같아요."

요즘엔 '친환경'이라는 말 자체가 굉장히 폭넓게 사용되고 있는데, 공장이 생각하는 친환경 디자인은 과연 무엇일까. 박현정이 말하는

친환경 디자인의 범위는 생각보다 넓었다. 우선 가공 과정 자체를 줄이면 에너지 사용량도 줄일 수 있고, 부피를 줄이면 운송 과정의 에너지 소비를 줄일 수 있다. 트럭에 세 번 나눠 실을 것을 한 번에 운반할 수 있다면 기름 소비도 줄고 대기 오염도 줄일 수 있으니 일석이조인 셈이다. 또 분해나 폐기가 쉬운 것도 중요한데, 친환경 디자인은 환경도 지키고 어떤 면에서 생산 단가도 줄일 수 있는 경제적인 디자인이기도 하다. 한마디로 친환경 디자인은 전 과정에서 환경을 고려하는 디자인으로, 인간만을 위하는 이기적인 디자인의 반대말이다. 공장은 2010년 작업의 전 과정에서 자체적으로 환경성을 평가하는 모듈인 '에코 리스트'도 만들었다. 제조 전 단계부터 폐기까지 환경성을 고려하는 에코 리스트는 점수에 따라 3단계 그린 라벨을 부여하는데, 점수가 너무 낮으면 환경성을 높일 수 있는 디자인 안으로 수정·검토해 최종 작업을 하고 있다. 또 월드 비전, 기아 대책, 대안 학교, 지역 공부방 등과 연결해 디자인과 제품을 기부하고 있는 중이다.

공장을 꾸려나가면서 개인적인 삶과 생각도 많이 변화했다.

"제 생활은 항상 공장과 함께한다고 해도 과언이 아니에요. 어린이를 위한 친환경 제품, 사회 환원할 수 있는 디자인 등 공부를 하면 할수록 친환경 디자인을 통해 제가 할 수 있는 일이 무궁무진한 것 같아요. 또 디자인을 통해 이런 일들을 모색하는 것이 너무나 즐거워요."

공장 꾸리기도 바쁜데 농장까지 가꾸려니 힘들지 않냐고 물었다. "공장은 주중에, 농장은 주말에 가꾸는 셈이죠. 근데 제가 늘 '−1' 하자, 줄이자, 없애자 하고 독려하지만 너무 바빠서 오히려 제가 없어질 것 같더라고요. 그래도 지금 구상하고 있는 아이디어가 너무 많아서 고민이에요."

공장을 만나고 집으로 돌아와 제일 먼저 한 일은 텔레비전과 헤어드라이어의 전기 코드를 빼는 것이었다.

17

궁궐이 재미없다는 편견은 버려!
궁궐지킴이 쏭내관
송용진

송용진 _
역사 문화 연구가, 〈쏭내관의 재미있는 史교육 현장〉 운영
ssong500.com

내관 옷을 입고 무료로 궁궐에서 역사 이야기를 해준다는
소문이 퍼지자 그를 기다리는 사람들이 늘어나기 시작했다.
외국인들은 그의 모습을 보며 '원더풀' 세례를 쏟아냈다.

"박물관을 오래된 유물 보관소로만 여긴다면, 그건 우리나라 역사에 대해
잘 모르기 때문일 겁니다. 아는 만큼 보이는 게 역사니까요."

그가 궁궐에 등장하면 그야말로 시선집중이다. 내관 옷을 입고 궁궐의 구석구석을 입담 좋게 설명하고 있는 그는 바로 '쏭내관', 송용진이다. 재미있는 제스처와 입담으로 지루하다고 생각했던 우리나라 역사를 흥미진진한 이야깃거리로 만들어 사람들의 혼을 쏙 빼놓는다. 이 탁월한 능력 덕에 이제는 꽤나 유명한 궁궐지킴이로 이름나 있다.

그가 궁궐에 관심을 갖기 시작한 것은 11년 전, 아이러니하게도 〈용의 눈물〉이란 역사드라마를 본 이후부터란다. 그 전까지만 해도 궁궐과 박물관에 대해 지루하다는 생각을 가졌었지만, 한 번 꽂힌 궁궐의 오묘한 매력은 독학으로 공부해 지금까지 몇 권의 책을 냈을 정도로 해박한 지식을 갖게 만들었다.

내관 옷 입고 청소년들에게 말을 건네는 이야기꾼

"조선시대가 먼 이야기 같지만, 1910년 생이셨던 할머니가 바로 조선시대 사람이라고 생각하면 궁궐은 먼 이야기가 아니랍니다. 또한 궁궐은 지금의 입법부, 사법부, 행정부 일은 물론 과학이나 예술까지 아우르는 역사의 중심이었죠."

사실 송용진이 처음부터 내관 옷을 입고 궁궐 이야기를 했던 것은 아니다. 역사에 관심을 가지고 공부하다 보니 주말이면 궁궐을 돌아다니며 책에서 읽은 내용을 체험학습으로 익히곤 하였다. 그러다가 간혹 궁궐에 오는 가족 단위나 외국인들에게 자신이 알고 있는 역사

이야기를 들려주던 것이 계기가 되었다. 사람들은 그의 이야기를 들으려고 쫓아오는 경우가 다반사였고, 결국 자원봉사 궁궐 가이드가 되어 조금 더 재미있는 이벤트가 없을까 생각하던 끝에 손수 사비를 들여(40만원을 주고 샀단다) 내관 옷을 맞추게 되었다. 일반인들에게 거리감이 없는, 궁궐과 왕을 지켰던 내관 옷을 입고 궁궐에 대한 설명을 한다면 더욱 집중도가 있을 것이라는 생각했다. 그 판단은 적중했다. 주말이면 내관 옷 입은 사람이 무료로 궁궐에서 역사 이야기를 해준다는 소문이 퍼지자 그를 기다리는 사람들은 늘어나기 시작했다. 관광차 우리나라에 온 외국인들은 그의 모습을 보며 '원더풀' 세례를 쏟아냈다.

괴짜스러운 쏭내관의 모습을 가장 반겼던 건 아이들이었다. 역사책을 통해 글로만 익혔던 이야기를 실감나는 표정과 몸짓으로 이야기해주다 보니 전국의 학교, 공립 도서관이나 문화센터 등에서 강의 요청이 쇄도하기 시작했다. 그래서 궁궐 홈페이지에 청소년과 학부모, 일반인을 대상으로 우리 역사와 문화재 관련 강의를 정식으로 시작하며, 궁궐 답사코스를 만들었다. 아이들의 효과적인 역사 체험을 위해 직접 아이들용 궁중의복까지 맞춰 학습효과를 높이는 등 〈쏭내관의 재미있는 史교육 현장(http://www.ssong500.com)〉을 운영하기에 이른다.

그의 이런 행보들에 대해 전문적으로 역사 공부를 한 사람도 아니면서 아이들을 가르쳐도 되냐고 물을 수 있지만, 그가 공부하고 연구한 엄청난 내용을 본다면 대학에서 보내는 4년에 그리 큰 의미를 두지 않게 된다. 2005년 그가 한참 궁궐에 빠져 있을 때 쓴《쏭내관의 재미있는 궁궐기행》이 '올해의 청소년 도서'로 선정되었던 것만 보아도 알 수 있다.

"우리 청소년들에게 말을 건네는 '이야기꾼'이 되어 과거 조선의 궁궐을 이야기하고 싶었어요. '궁궐 답사'가 건물을 둘러보는 것만이 아니라 무엇을 어떻게 보아야 할지, 여러 방면에서 흥미로운 제안을 하며 궁궐을 '일하는 공간', '역동적인 공간'으로 보여주고 싶었거든요. 조선왕실이 당쟁만 일삼던 드라마 속 정형화된 역사에 그치지 않도록 활발하고 역동적인 정부(궐내각사)의 모습, 구한말 끝까지 나라를 지키려던 왕실의 노력들을 알려주고 싶었습니다."

그가 궁궐 공부를 하면서 가장 마음이 아팠던 건 아직도 일본의 잔재가 남아 있다는 사실이었다. 바로 조선시대 5대 궁궐(덕수궁, 경복궁, 창경궁, 창덕궁, 경희궁)이 일제 강점기에 크게 왜곡되었다는 것. 종묘공원, 사직공원 등은 궁궐을 격하하기 위해 '공원화 작업'을 실시하며 잔디를 깔았다는 주장이다. 유교를 흔들기 위해 인위적으로 불상과 석탑을 갖다 놓았거나 벚꽃을 심은 것도 이에 속한다는 이야기다. 그의 말대로 공부를 하면 할수록 치밀어오는 화를 주체할 수 없을 정도로 우리나라 궁궐은 슬픈 역사를 가지고 있다. 그의 역사 공부는 계속되었고, 그 시선은 궁궐에 머물지 않고 우리나라 역사와 유물이 함께 자리잡은 박물관으로 이어지게 된다.

사극과 퀴즈를 이용한 생동감 넘치는 역사 이야기

박물관의 묘한 매력을 느낄 때쯤 그는 박물관 천국인 영국의 런던으로 유학을 떠나게 되었다. 30세란 늦은 나이에 '영어 정복'의 목표를 가지고 영국 유학길에 올랐고 대학원에서 '예술경영'을 공부하면서 시간 나는 틈틈이 박물관을 관람하곤 했다. 250년이란 역사가 있는 영국 박물관은 런던에만 160개나 있었는데, 자료보관이나 시설적인 면에서 충분히 본받을 만했다. 귀국하여 우리나라 박물관을 둘러보면서 느낀 것은 '우리나라 박물관도 절대로 영국 박물관에 뒤지지 않는다'였다. 영국보다 짧은 100년이란 역사를 가지고 있지만 서울에만 잘 정리된 90개의 박물관이 있다는 걸 뒤늦게 알았다. 런던에 '대영박물관(영국국립 박물관)'이 있다면 우리는 '국립중앙박물관'이 있고, 영국 '왕실박물관'과 우리 '고궁박물관'이 견줄 만하며, 영국에 '전쟁박물관'이 있다면 우리에게는 '전쟁기념관'이 있다. 또 '런던시

효과적인 역사 체험을 위해 직접 아이들용 궁중의복까지 맞췄다.

티박물관'과 '서울역사박물관'도 좋은 비교가 될 수 있다.

"박물관을 오래된 유물 보관소로만 여긴다면, 그건 우리나라 역사에 대해 잘 모르기 때문일 겁니다. 아는 것만큼 보이는 게 역사니까요. 하나의 유물에 얽힌 내용을 안다면 그냥 지나칠 수 없게 되고, 이를 계기로 자연스럽게 역사 공부를 할 수 있다고 생각했어요."

박물관에서 만나는 생동감 넘치는 역사 이야기를 들려주기 위해 2009년 그는 두 번째로《쏭내관의 재미있는 박물관 기행》을 출간했다. 박물관의 대표적인 유물을 통해 박물관을 설립한 인물이나 박물관 터, 역사 속 인물의 일대기 등을 쉽고 재미있게 풀어 놓았다. 책 집필을 결심한 후 1년 동안 박물관에 관련된 150권이 넘는 책을 모두 섭렵하고, 직접 90여 개의 박물관을 모두 돌아다니면서 답사하고 사진을 찍었다. 현장감 넘치는 박물관 자료는 이렇게 노력한 결과로 태어났다. 물론 궁궐지킴이에 이어 문화재지킴이로써 궁궐과 박물관을

글로만 익혔던 역사 이야기를 실감나는 표정과 몸짓으로 설명해 준다.

오가며 아이들을 가르치는 일도 게을리하지 않았다.

이렇게 다방면으로 우리나라 역사를 소개하는 송용진의 특징 중 하나는 바로 어디에서든 그만의 유머 코드를 십분 발휘한다는 것. 어려운 역사 공부를 쉽고 재미있게 설명하기 위해 탄생한 그만의 유머는 '쏭내관'이란 이름과 의상에서부터 충분히 느껴진다. 많은 강의 속에서 터득한 바 TV사극을 이용하면 강의 집중도를 높일 수 있다는 사실을 알았고, 사람들이 재미있게 본 드라마를 이용하면 관심도와 호응도가 높아져 학습적인 면에서도 도움이 된다고 한다.

"강의할 때 사극을 캡처해서 많이 사용하는 편이에요. 간혹 저의 얼굴을 내시에 합성해서 친근함과 웃음을 함께 주기도 하죠. 사극은 현재와 역사를 가로지르는 다리와 같은 역할을 하거든요. 또한 여러 가지 퀴즈를 통해 재미있게 유도하면 어렵고 지루한 역사도 흥미로운 이야기로 바뀔 수 있습니다."

그래서인지 그의 역사 강의 프로그램은 오랜 경험을 통해 다양하게 이루어져 있다. 학교나 문화센터에 가서 들려주는 일반 프로그램도 있지만, 가장 인기 있는 건 궁궐을 답사하고 궁궐기행 책을 만들어보는 프로그램이다. 또한 방학을 맞은 학생들에게는 궁궐 의복을 입고 자신들이 공부하고 찍은 사진으로 달력을 만드는가 하면, '나만의 궁궐책'을 만듦으로써 재미있는 역사 공부의 기회를 선사한다.

열정, 인내의 원동력은 긍정적 생각

송용진의 하루 스케줄을 물어봤다. 그의 활달한 성격처럼 다양한 일들로 바쁘게 뛰어다닐 것 같았는데, 의외로 별 내용이 없었다. 몸을 위해 시작한 운동을 하루도 빠지지 않고 하는 것 이외에는 하루 종일 역사 공부하고 원고 쓰는 것이 전부란다. 외출하는 건 강의나 공부를 위한 답사 정도라고나 할까. 한마디로 자는 시간과 운동하는 시간을 제외하고는 언제, 어디서나 역사 공부에 매달려 있다는 이야기가 된다. 어떻게 이렇게 열정적인 '스터디 홀릭'이 될 수 있었는지 궁금할 정도도. 하지만 그가 살아온 '송용진만의 삶'을 들여다보면 이해가 갈 만하다.

중앙대학교 동양학과에 다니던 시절, 춘계대학농구대회에서 모교를 응원하다가 과거의 화려한 날은 뒤로한 채 연세대학교에 밀리는 모습을 보고는 스스로 '중대농구후원회장'을 맡았다. 이후 400여 회원을 모아 후원금 마련을 위해 발바닥에 불이 날 정도로 후원자를 찾아다녔고, 그 돈으로 잡지 형태의 '팬북'을 만들었다. 또한 스스로 디자인한 그림을 넣어 열쇠고리, 티셔츠, 가방 등 다양한 상품을 판매하며 후원 사업을 펼쳐 나갔다. 그 뜻이 통했는지 꿈에 그리던 농구대잔치에서 중앙대가 우승을 하며 제2의 전성기를 누렸고, 그는 '뜻을 세우면 준비하게 되고, 준비하면 뜻을 이룬다'는 진리를 깨달았다.

하지만 그의 오지랖은 여기서 끝나지 않았다. 농구부 옆 숙소를 쓰고 있는 축구부 감독의 '나의 소원이 잔디 구장에서 선수들을 지도하는 거다'라는 말 한마디에 꼭 그렇게 할 수 있도록 하겠다고 엄청난 약속을 해버린다. 그리고는 1,500만 원이란, 당시로서는 어마어마하게 큰 금액을 모으기 위해 동창회 교내 신문은 물론 정몽준 축구협회 회장에게 편지를 보내며 활용할 수 있는 모든 매체를 이용, 결국 축구부에게 잔디구장을 만들어주었다.

이런 기질은 졸업을 해서도 마찬가지였다. 《미대로 가는 길》이란 신규 잡지사 영업사원으로 취직하여 신입사원으로 영업왕이 되기도 하였는데, 그것은 그만이 가진 재치있는 아이디어와 끝까지 해나가는 끈기가 있었기 때문에 가능했다.

그의 인생에 있어 '역사 공부' 다음으로 눈에 띄는 성과는 바로 '영어 공부'였다. 몇 번의 영어 굴욕사건을 경험한 뒤 대학 시절 꿈꾸었던 유학을 결심하고 영어 공부를 시작했다. 서른 살이라는 적지 않은 나이에 고등학교 1학년 때 포기한 영어를 다시 시작하기 위해 필리핀 어학연수를 떠났고, 불과 1년 7개월 만에 영국의 대학원에 입학하는 기적 같은 결과를 낳았다. 먹고 잘 때도 영어를 생각할 정도로 독종처럼 공부한 결과였다. 영국 유학 시절에도 공부와 함께 온갖 아르바이트를 병행하여 졸업 때는 비싼 유학자금을 대고도 돈이 남아 영국 여행을 할 수 있었다고 하니 소위 '난 사람'이란 단어가 딱이다 싶다. 결국 이를 바탕으로 《쏭선생의 독종영어》라는 책을 발표했고, 2010년 말에는 《메신저&트위터 영어》도 발간했다. 그렇다면 도대체 이런 끊임없는 열정은 어디서 나오는 것일까.

"사람들은 저에게 '열정'이란 단어를 많이 붙여줍니다. 이 세상에 열정이 없는 사람은 없죠. 문제는 일반적으로 3일을, 3페이지를 넘기지 못한다는 데 있을 뿐입니다. 저 역시도 마찬가지예요. 그러나 제가 남들과 조금 다른 게 있다면…… 그건 '참을 인(忍)이 조금 더 강하다'일 겁니다. 대학 시절 농구부 후원회에 미쳐 있었을 때도, 축구장에 잔디를 깔아줄 때도, 궁궐에, 박물관에, 몸짱에, 영어에 미쳐 있을 때도 결국 참을성 때문이었다고 생각합니다. 그리고 그 참을성의 원동력은 '긍정적인 생각'입니다. 저의 지갑에는 사진 한 장이 있어요. 이라크에서 죽음을 당한 한 젊은이의 사진입니다. 힘들 때마다 이 사진을 봅니다. 내가 힘들어도 이 사람보다 힘들까? 내가 억울해도 이 사람보다 억울할까? 절대 아닙니다. 이 사람의 억울함과 괴로움에 비하면 나는 아무것도 아닌데, 그런 것을 가지고 고민하고 있는 제 모습을 반성하게 됩니다. 전투적인 삶 속에는 모든 일을 열심히 하려는 열정이 있고, 그 열정 속에는 힘들 때 참아내는 인내가 있고, 그 인내 속에는 모든 걸 좋게 보려는 긍정적인 생각이 있고, 결국 그 긍정적인 생각이 남들에게는 열정으로 비춰지는 것 같아요."

베트남 라면집 사장, 그리고 쏭내관

그의 긍정적인 생각에서 나오는 열정은 요즘 또 하나의 일들을 만들어가고 있다. 필리핀에서 필리핀 사람들을 대상으로 '미스터 라면'

이란 점포를 연 것이다. 벌써 프랜차이즈 사업으로 발전하여 여섯 개의 가게가 오픈을 했다니 대단한 일이 아닐 수 없다. 유학 후 필리핀에서 영어 학원을 잠깐 운영한 적이 있었는데, 이때 알게 된 지인 두명과 합심하여 필리핀 사람들이 제일 좋아하는 한국 식품인 라면을메뉴화한 것이다.

그렇다면 그의 역사 연구는 이제 끝난 것일까? 아니다. 새로 건축된 궁궐 이야기를 담은 궁궐기행 개정판《조선 궁궐사건−궁궐, 조선의 역사를 말하다!》출간에 이어 2011년 6월 초《쏭내관의 재미있는왕릉기행》까지 집필하여 세상에 내놓았다.

"세계문화유산으로 지정된 헌인릉에 다녀온 적이 있습니다. 마침

태종 이방원과 원경왕후 민씨의 쌍릉인 헌릉 앞에 서 있는데, 한 가족이 놀러와 공놀이를 하고 있더군요. 생각해 보면 우린 어린 시절 소풍으로 왕릉을 참 많이 다녔습니다. 하지만 소풍 가서 참배 대신 보물찾기와 김밥을 먹었던 기억밖에 없습니다. 왕릉은 우리나라 왕의 묘입니다. 지금 국립현충원에 가서 이와 같은 놀이를 한다면 모두 혀를 찰 겁니다. 그때야 깨달았죠. 궁궐은 물론 왕릉까지도 공원화가 되어가고 있구나 하고요."

우리도 모르는 사이 아직도 일본의 잔재 속에서 살아가고 있는 현실이 안타까워 역사 연구와 강의를 놓지 못하겠다는 쑝내관, 송용진. 사람들이 무시하는 직업이었지만 어느 시대든 왕을 가까이 했던 내관의 모습으로 궁궐과 박물관에 이어 왕릉까지 안내하고 있다. 우리의 역사가 지루하고 재미없다는 편견을 버리는 그날까지, 우리의 역사가 제대로 자리 잡을 때까지 함께할 거라고 한다. 그가 말한 인내와 끊임없는 열정은 곧 세상을 바꾸는 작은 밑거름이 되어 '역사 바로잡기'란 작은 새싹을 만들어내고 있다.

18

인공위성 띄우기 대작전,
미디어 아티스트
송호준

송호준 _
미디어 아티스트
hhjjj.com

사람들은 과학적인 목적이 있는지를 묻고 싶어하지만,
그에게 있어 인공위성 띄우기는 음악을 듣고
산을 타는 그것과 다를 바 없는 일이다.

"과학은 진리를 다루는 게 아니라 판타지를 서비스하기 위해 존재한다"는 것이 그의 생각이다.

어서 빨리 1억을 모아 개인 인공위성을 쏘아 올리겠다는 야심찬 계획을 가진 당찬 젊음, 미디어 아티스트 송호준. 그의 주장이 자칫하면 사기성 농후한 장난처럼 들리거나 황당무계한 얘기로 느껴질 수 있다. 그러나 그의 인공위성 쏘아 올리기 프로젝트는 이미 만반의 준비를 갖춘데다 야심차게 긍정적인 문화 프로젝트로 거듭날 조짐이다.

나만의 판타지, 인공위성을 쏘아 올린다

듣기만 해도 어려운(!) 전기전자전파공학을 공부한 그는 국내 민간 인공위성 업체에서 차세대 인공위성에 들어갈 테스트용 메인보드를 설계부터 테스트까지 진행한 경력이 있다.

"국내 인공위성 업체에서 일을 하다 보니 관심이 더욱 커져 나도 인공위성을 띄워보고 싶다는 욕망을 갖게 되었죠."

내친김에 로켓 임대비를 비롯한 '견적'도 내봤다. 그런데 이게 웬걸? 생각보다(?) 쌌던 거다. 대략 1억 정도.

"1억이면 포르쉐 한 대 값인데, 인생의 목표가 포르쉐인 사람이 어디 있겠어요? 그것보다는 더 크지. 그래서 나도 한번 해봐야겠다는 생각을 했죠."

뻥쟁이가 되고 싶지는 않아 이후 2~3년간 더 세밀한 조사에 '착수'했고, 미국의 인공위성 학회에도 참석하며 '정말로' 가능하다는 사실을 확인했다. 그의 개인적인 판타지에서 비롯된 꿈이지만 많은 사람과 함께하는 문화 프로젝트로 실행하기로 마음먹었다.

여기서 생긴 의문 하나. 그런데 정부나 기관이 아닌 개인이 인공위성을 쏘는 것이 정말 아무 문제가 없는 일일까?

"제가 쏘려는 궤도는 합법적인 곳이에요. 더 높은 곳은 국제 기관에서 규제하고 있어요. 그런데 미국은 최근 합법적인 궤도마저 규제하려고 드는데 그들이 내세우는 논거는 (속내야 어떻든) 우주 공간과 국제 우주 정거장에서 쓰레기가 부딪치면 안 된다는 것이고, 아마추어무선협회가 이를 반대하고 나선 상황이에요."

우주가 자기네 땅도 아닌데 개인 인공위성이나 로켓 발사를 막으려는 미국에 반대하고 나선 아마추어무선협회는 '우리에게도 실습의 장이 필요하다'는 주장을 내세웠다. 그러나 송호준이 내세우는 논거는 '왜 개인이 꿈꾸는 판타지가 과학보다 덜 중요하냐는 것'이다. 개인 인공위성 프로젝트에 관한 그의 논거는 정말이지 너무나 또렷했으며, 설득력이 있었다.

"사실 우주 산업은 지구의 기원 탐구라는 역할 외에 그 자체가 판타지 산업 아닌가요? 금성이나 화성 탐사 같은 것도 사람들에게 막연한 기대감을 갖게 하는 것인데, 나사 같은 곳은 사람들의 그런 판타지를 상당히 진지하고 체계적으로 다루는 그룹이라고 할 수 있죠. 또 무지하게 정치적이라 러시아와 미국의 경쟁처럼 누가 먼저 달에 가고, 먼저 위성을 쏘았느냐가 중요했고요."

한마디로 과학은 진리를 다루는 게 아니라 판타지를 서비스하기 위해 존재한다는 것이 그의 생각이다. 물론 과학자들이 그런 태도로 연구에 매진하진 않겠지만, 과학이 발전하면 할수록 늘 새로운 어딘가에 있을 진리를 추구할 뿐이니 영원히 그 실체에는 도달할 수 없을 거란 얘기다.

존재에 대해 질문을 던지는 인공위성

그는 인공위성 발사 계획을 차근차근 진행해 왔고 프랑스의 로켓 에이전트와 가계약까지 할 만큼 만반의 준비를 갖추었다. 하지만 유일한 문제는 로켓을 대여할 자금이다. 지금 그는 1억은커녕 중고 포르쉐를 살 돈도 없다! 인공위성을 무사히 쏘아 올릴 자금을 만들고, 많은 사람들을 이 프로젝트에 참여시키기 위해 그가 떠올린 해결책은 바로 티셔츠 판매.

"티셔츠를 1만 벌 팔면 3억 5천만 원쯤이 되는데, 이것저것 다 빼면 1억 정도는 남을 것 같더라고요. 티셔츠를 사는 사람은 멋진 티셔츠를 갖고 펀딩에도 도움이 되는 시스템을 만드는 거예요."

그는 티셔츠를 구입하는 사람들에게 각각의 시리얼 넘버를 주고, 나중에 인공위성이 떴을 때 로또처럼 이벤트에 응모할 수 있게 할 생각이다. 얼마 전에는 인공위성 프로젝트를 소개하는 소책자도 만들었다. (http://opensat.cc/book/diysatellite.html)

수백억 원을 들여 띄우는 인공위성은 보통 기상 예측이나 통신, 혹은 군사용으로 활용되는 데 반해 그가 띄우는 인공위성은 이른바 '존재에 대한 질문'을 던지는 임무를 수행할 예정이다. 그리고 반짝반짝 빛나기.

　　"이 인공위성은 제가 만든 '나만의 신'이라고 할 수 있어요. 타 종교를 배척하거나 믿음을 강요하지 않고, 죽으면 어떻게 될지에 대한 답도 주지 않고, 그저 고민의 기회만 주는 그런 신이죠."

　　또 인공위성에 빛이 강한 LED를 넣어 지구에서도 위치를 확인할 수 있도록 할 예정이다. 한마디로 별똥별 같은 효과가 나게 할 생각인

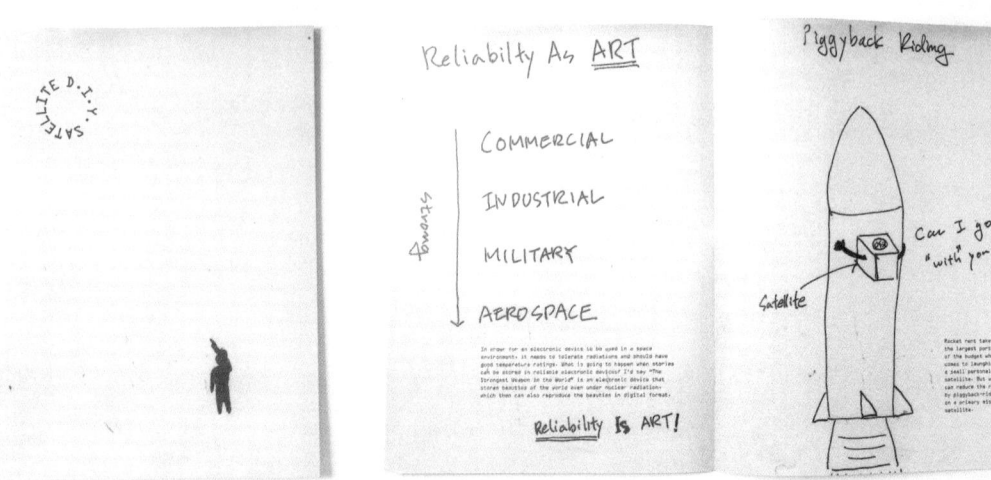

개인 인공위성 띄우기 제작 과정을 담은 소책자.

데, 그의 인공위성이 가시적인 거리에 들어오면 지구에서 버튼을 눌렀을 때 깜박이게 할 요량이다. 그가 인공위성을 띄우게 되면 개인 위성으로는 최초가 될 전망이다. 과거에는 핵무기를 실어 나르던 로켓이 이제 송호준의 판타지를 싣고 날아오르는 셈이다.

송호준은 극단적인 민족주의나 '최초로 개인 인공위성을 쏘아 올렸다'는 기록을 세우려고 하는 것은 아니다. 다만 이제는 국가나 단체가 아닌 개인도 인공위성을 쏠 수 있는 세상이 되었고, 이것을 철저히 문화적인 것으로 이용하고 싶을 따름이다. 사람들은 그에게 묻는다. 왜 인공위성을 띄우려 하냐고. 그는 되묻는다. "당신은 왜 음악을 듣고, 산을 타고, 종교를 믿냐"고. 사람들은 과학적인 목적이 있는지를 묻고 싶어하지만, 그에게 있어 인공위성 띄우기는 음악을 듣고 산을 타는 것과 다를 바 없는 일이다. 과연 과학적인 가치가 아닌 감성적인 가치를 말하는 게 옳지 않은 일일까?

"작가는 이기적일수록 개성 있는 작품이 나오는 것 아닐까요? 고흐가 공익을 염두에 두고 그림을 그렸다고 생각해 보세요. 저 역시 공익이나 사회적인 역할을 염두에 두고 시작한 일은 아니지만, 이를 통해 어떤 담론이 만들어지고 질문을 던질 수 있는 계기가 되면 좋겠어요. 그래서 인공위성 오픈 소스도 공개할 예정이고요."

그는 우선 이 프로젝트를 성공시킨 뒤 인공위성 키트를 대량 생산할 생각이다. 한 개만 생산하면 가격이 높지만 대량 생산하면 개당

20~30만 원 정도까지 가능할 거라고 본다.

"보통 사람들도 인공위성을 쏠 수 있는 세상이 되면, 일종의 정치적인 문제도 야기할 수 있겠죠. 저는 그 부분에 대해서도 어떤 것이 옳은 일인지 작가로서 질문을 던지고 싶어요."

그가 즐겨 쓰는 물감은 마이크로프로세서

송호준은 기술의 틈새를 발견하고 조합하기를 즐기는 작가다. 그는 그 틈을 발견하여 사회 비평 수단으로 이용하기도 하고 아름다움을 표현하기 위한 물감으로도 이용한다. 마이크로프로세서, 센서, PCB 디자인, PC, 알루미늄 등이 그가 즐겨 쓰는 물감이고, 새로운 배합을 위해 그의 스튜디오에서 지속적인 실험을 하는 중이다. 그가 선보인 흥미로운 작품 중 하나인 '이 세상에서 가장 강력한 무기'는 이라크 전쟁의 명목 중 하나이며 북한이 미국으로부터 악의 축이라고 비난받은 '대량살상무기'에 맞서기 위해 착안했다. 이 작품이 내뱉는 '이 세상에서 가장 강력한 무기'는 사랑과 평화의 말, 박수 소리, 바람, 입김 등에 반응하여 날아가는 것이다. 때로는 빛을 뿜어내는 것으로 대답하는 '엘리(Elly)'처럼 외견상 지극히 기계적으로 보이지만 그 속내는 따뜻하고 긍정적인 작품을 내놓기도 했다.

지난 2010년 5월에는 세계적인 반도체칩 메이커 '인텔'과 진보적

마이크로프로세서, 센서, PCB 디자인, PC, 알루미늄 등이
그가 즐겨 쓰는 물감이고, 새로운 배합을 위해 그의 스튜디오에서
지속적인 실험을 하는 중이다.

글로벌 미디어인 〈바이스(Vice)〉가 '크리에이티브 프로젝트'를 론칭
하며 선정한 창의적인 예술가에 이름을 올리기도 했다. 이 프로젝트
는 인텔과 바이스가 음악, 미술, 영화, 디자인, 건축 등에서 의미 있는
혁신을 선도하는 7개 국가(한국, 미국, 프랑스, 중국, 독일, 브라질, 영국)
의 아티스트들을 가려 뽑아 그들의 작품과 비전을 나누는 것으로 G7
처럼 일종의 차세대 문화 서미트(summit: 정상 회의)라고 할 수 있다.
전 세계에서 창의적인 젊은 예술가로 뽑힌 작가는 미국의 록밴드 인
터폴과 영화감독 스파이크 존즈, 독일의 DJ 리치 호틴, 중국의 건축
가 마얀송 등이 있으며, 우리나라에서는 송호준을 비롯해 아티스트
최정화와 니키 리, DJ 소울스케이프, 패션 디자이너 예란지와 서상

영, '장기하와 얼굴들' 등이 선정되었다.

요즘 그는 인공위성 띄우기 대작전에 여념이 없지만 또 다른 작품도 구상해 놨다. 일명 '죽고 싶으면 일단 한번 걸어봐' 목걸이 혹은 팔찌다. 합법적으로 살 수 있는 실험용 우라늄과 원자 시계에 들어가는 라돈으로 팔찌나 목걸이를 만들겠다는 아이디어다.

"방사능이 나오는 라돈과 우라늄으로 만든 팔찌, 목걸이를 자살하고 싶다는 사람에게 걸어주는 거죠. 물론 바로 죽지는 않고 어느 정도는 걸릴 거예요. 그러나 팔찌와 목걸이를 하고 있는 동안 계속 내가 죽을 거라는 자각을 하게 되니, 오히려 살고 싶어지지 않을까요?"

그래서 '일단 한번 걸어보면 생각이 바뀔 것'이란 콘셉트다. 오랫동안 라돈과 우라늄 원석을 보석 형태로 연마해 줄 사람을 구하지 못해 실행에 옮기지 못하다가, 어찌어찌 해 현재 거의 완성해 놓은 상태다. 물론 그의 집엔 방사능 측정기도 있다. 인공위성 소리를 들을 때 쓰는 안테나는 폼보드와 알루미늄 폴을 이용해 직접 만들었다. 전기공학에 문외한인 사람 입장에서는 도대체 어디에 쓰는 것인지 모를 각종 회로와 기계들로 가득 차 있는 '스튜디오 hhjjj' 혹은 OSSI(Open Source Satellite Initiative) 연구소는 그의 판타지, 아니 많은 사람들의 판타지를 대변하는 공장으로 착착 굴러갈 것이다.

청춘,
새로운 길을 만들다

초판 1쇄 인쇄 2011년 10월 25일
초판 1쇄 발행 2011년 11월 1일

지은이 | 전은경 김민희 임나경
펴낸이 | 한 순 이희섭
펴낸곳 | 나무생각
편집 | 이은주 강소라
디자인 | 이은아
마케팅 | 김종문 이재석
출판등록 | 1998년 4월 14일 제13-529호
주소 | 서울특별시 마포구 서교동 475-39 1F
전화 | (02) 334-3339, 3308, 3361
팩스 | (02) 334-3318
이메일 | tree3339@hanmail.net
홈페이지 | www.namubook.co.kr
트위터 ID | @namubook

ISBN 978-89-5937-261-4 03810